부디 당신이 사랑을,
사랑을 선택하기를

여는 글

읽고 쓰며 만난 사람들이 있어요. 한 번 만난 적 없어도 진심으로 속내를 터놓고, 정성들여 다듬고 추린 글을 사이에 두고 함께 웃고 울고, 다시 만날 기약 없어도 그의 평안을 기도하는 글로 맺은 우정이에요.

서하나와는 2020년 그의 책으로 먼저 만났다가 2021년 그가 제가 진행하는 밑미의 리추얼 '나를 껴안는 글쓰기'를 신청했고, 임하와는 2023년 같은 리추얼에서 만났어요. 이 책의 글들은 4주간의 리추얼 기간 동안 쓰여졌고요. 우리의 인연이 어떻게 흘러갈 지는 알 수 없지만, 우리의 글은 오래오래 살아남기를 바라요.

사랑으로 살고자 애썼던 서하나, 임하, 숭숭의 이야기를 이 책에 담아 당신에게 전해요. 부디 당신이 사랑을, 사랑을 선택하기를. 그 여정을 기록하고 함께 나눌 인연들을 만나기를 바라요.

삶에서 그보다 더 중요한 것이 있을까요? 숭숭

목 차

서하나

누구에게나 사랑 받고 사랑을 줄 수 있다고 믿었던 시절. 그때 나의 장기 중 일부는, 특히 심장은 솜사탕 같아서 봄바람에도 저만치 날아갈 만큼 가볍고 폭신하고 잘 녹았더랬다. 미운 일곱 살. 누군가 나를 미워할 수 있다는 사실조차 지각하지 못하는 그때 나는 대상을 가리지 않고 무분별한 사랑에 빠졌다. 구인사 절에서 만난 동자승에게도, 이미 사춘기가 시작된 육 학년 동네 언니에게도 사랑을 느꼈다. 동화책에 나오는 거대한 주인공 하마라던가 후레쉬맨 1호와 이웃집 똥개도 이 무한하고 근본 없는 애정을 비껴갈 수 없었다. 미취학 아동의 재질이란 원래 그런 것인지 나의 성정이 원래 부나방처럼 가볍고 무모했는지는 알 수 없으나 '사랑'이란 것이 움트는 순간의 마법은 놀라운 것이라서 심장 언저리가 반짝반짝 빛나던 고동을 결코 잊을 수 없다.

최초의 빛. 사랑이라기에 너무 가볍고 즉흥적인 거 아니냐고 반문한다 해도 나는 그 일곱의 나를 확신할 수 있다. 누가 뭐래도 '사랑'이라고 이름 붙일 수 있는 '사랑'해 마지않는 순간들이 결국 생의 어둔 순간을 굽어살피는 힘이 되고 있으니까. 시도 때도 없이 사랑을 고백하고 좋아하고 마음껏 껴안던 나날이었다. 타인의 감정에 주눅 들거나 눈치 보지 않고 달려 나가던 마음. 미움보다 사랑을 먼저 기억하고 있어서 그 빛나는 감정이 나의 처음이라서 다행이라고 여긴다. 미운 일곱이 아니라 고운 일곱. 순간이 아니라면 반짝이지 않는다. 나의 일곱은 봄날 벚꽃처럼 반짝였다.

'길고양이가 나를 간택했어요'류의 운론을 어느 정도 신봉하게 되었다. 고양이를 키운다. 믿을 수 없게도. 하얀 고양이 백화. 범색 고양이 범이. 유난히 추웠던 작년 겨울에 바짓가랑이를 잡고 길게 늘어지던 새끼 고양이의 울음.

　주민들 눈치 보느라 내 정원에 들어온 고양이들에게만 슬쩍슬쩍 먹이를 챙겨주었는데 눈에 익은 고양이가 서너 마리. 그 중 새하얀 암컷 고양이가 아픈 새끼를 버리고 갔다. 한 마리는 죽고 한 마리는 건강하고 한 마리는 죽을 고비를 넘겼다. 죽어가는 고양이를 살리는 데에는 기백만원이 들어간다는 사실을 그제야 알았다. 책임을 책임지는 일에 진저리 치던 때에 아이러니하게도 막중한 책임을 지게 된 것이다.

새끼 고양이들이 토하는 시늉만 해도 같이 굶고 화장실 갈 때마다 변의 색깔과 모양을 체크하고 집 전체가 고양이 장난감으로 뒤덮였다. 책임과 정이 중력보다 무거운 거라 여기며 요리조리 회피하고 살던 내가 고양이 두 마리의 가장이 되고야 만 것이다.

따뜻하고 몽클한 털 뭉치가 내게 기대어 온다. 인간보다 빠른 박동과 기분 좋은 골골송. 느리고 나른한 올리브색 눈동자의 깜빡임. 세상에서 가장 이질적이고 아름다운 동물이 내게 와서 가족이 된 순간, 가족은 선택이 아니라는 말이 어쩌면 반려동물과의 생에도 유효한 것이 아닐까 생각해본다. 기껏해야 인간성을 흉내 내고 사는 인간 아류작이라고 여겼던 스스로를 고양이 손이 다독여준다. 고양이랑 사는 것은 선택이 아니라 운.

거짓말이 뛰어간다

　　만우절 새벽에 어제의 글을 쓴다. 만우절은 거짓말처럼 떠난 사람들의 기일. 용서받지 못할 일도 용서받을 용기가 생긴다. 채식을 할거예요. 거짓말. 이타적인 사람이 될 거예요. 거짓말. 나는 가해자가 아닙니다. 거짓말. 행복합니다. 거짓말. 피노키오로 태어났다면 내 길어진 코로 세상을 지었을 텐데. 난해한 거짓들이 오늘은 축복을 바란다. 즐거운 부조리다. 잔인한 사월, 벚꽃 나무 아래 첫사랑의 시체가 묻혔다. 참. 껴묻거리로 나도 함께 묻혔다. 참. 잃은 것보다 얻은 것들이 더 많다. 참. 눈 아래 물사마귀가 돋아났다. 슬픈 얼굴이라고 오해하는 사람들. 눈물을 닮으면 슬픈 걸까. 부디 거짓된 4월을 축복해 주세요. 깡충깡충. 사망하는 토끼와 부활하는 거짓말은 사이가 좋다.

하나에게

아무것도 건사할 줄 모르는 인간이 인간을 입고 인간을 따라 하느라 애썼다. 책임을 둥글리느라 애썼다. 세상의 날 선 것들은 모두 친밀하고 가까워서 자주 살갗을 베고 이웃에 지옥을 만든다. 알면서도 사느라 애썼다. 더 살라고, 살아보라고 등 떠밀어서 미안하다. 애쓴 너의 얼굴의 벼랑을 모른 척에서 미안하다. 너의 불행을 세상과 비교해서 미안하다. 엄살이라 치부해서 미안하다. 너의 순수를 기만이라 모욕해서 미안하다. 나의 사과와 반성이 무릇 회절 하는 파도라는 것을 알지마는 그저 미안을 구할 수밖에 없음을 용서해라.

아니, 결코 용서를 입에 담는 나를 돌아보지 마라. 네가 가장 상처 입은 날 고통을 축소하고 너의 입을 틀어막고 서랍 깊숙이 수납해

16

버린 나를, 기억 저 편으로 외면한 나를 서둘러 껴안거나 연민하지 마라. 축축한 음지에서 푹푹 썩어가도록 내버려 두어라. 저주와 욕설도 나에게는 달다. 더 이상 너무 애쓰지 않아도 된다. 내려앉은 어깨를 주워 담을 시간이다. 하나야. 너의 살아보느라 힘들었던 모든 순간에 경례를. 존경을. 사랑을. 나의 추신에 화해를 건넨다.

"인간의 이타성이란 그것마저도 이기적인 토대 위에 있다."

　얼마나 안심이 되는 말이니. 내가 착할 때마다 나는 나를 의심했거든. 위대한 적 없는 인간에 대해서. 이유 없는 선의와 챙김이 주는 낯간지러운 온기에 관해서. 인간이 말하는 인간이었던 적이 한 번도 없는 인간이 인간의 인간성을 곱씹고 있어. 나를 스쳐간 착한 사람들. 이타적인 인간. 선량한 존재. 믿고 싶었지. 성선설 같은 거. 사실 저 문장은 '이기적인 유전자'에서 먼저 본 게 아니야. 아이유 앨범 소개글에서 처음 봤지. 아이유가 고민한 지점이 어디 인가. 그 고민이 얼마나 공손하고 선량한 것인가 하는 찬양은 내부적 덕심에 맡기기로 하고 아무튼 문장으로 돌아가서 인간의 디폴트 값이 이기심이라면 왠지 안

심이 되는 거야. 무한한 선량함은 느끼하잖아. 나 좋자고 하는 선의라니 이 것 참 산뜻하고 편리한 신념이로군. 사심 가득한 사탕발림이 아니라 어쩐지 퉁명스러운 얼굴로 오다 주웠을 거 같은 인간의 이타성을 믿기로 했어. 진심은 고슬고슬한 법이니까. 앞으로도 쭉 착하자. 나 좋자고.

내 인생 최초의 시인을 만났다. 이름에 별의 이름 규(奎)자가 있던 사람. 나는 그를 별똥별이라고 부르며 놀렸다. 그는 나의 손을 꼬옥 쥐는 것을 좋아했다. 그의 작고 하얀 손은 불가사리 같기도 아기별 같기도 했다.

규의 세계는 놀랍고 아름답고 고요했다. 그저 모호한 언어의 나열이라 여겼던 시가 사실은 엄정한 내면의 산물이라는 사실을, 각자의 진리와 우주를 표현해내는 최초의 노래라는 것을 그를 만나 알게 되었다. 규의 형식은 언제나 단조롭고 간단하고 명료했다. 가장 쉬운 말로 가장 어려운 물리 법칙을 설명해 주거나 명상의 원리를 조곤히 읊어주었다.

그와의 교류가 섣부르게 사랑이라고 믿었

던 나는 조급하게 그의 고백을 채근했다. 그러고는 사랑에 빠진 그를 남겨두고 황급히 떠났다. 그의 달뜨고 낯선 얼굴이 못마땅했다. 그는 나의 위성이 아니라 항성이어야 했다. 내 모든 질문에 답이 있던 사람. 사람 사이에 연애감정만이 지속 가능한 것은 아닐 텐데 인간관계에 능숙하지 못했던 나는 그를 실수한 것이다.

별똥별처럼 뜨겁고 짧은 연애였다. 가장 단 시간 만났지만 그럼에도 그의 영향력이란 굉장한 것이었다. 그가 했던 말, 그의 생각, 그의 의견. 모두가 규의 중력이었다. 어느 정도 거리를 둘 수는 있었으나 완벽한 궤도 이탈은 불가능했다. 어쩌면 나는 그를 흉내 내며 살아가고 있는 것은 아닌가 하는 착각을 들 때도 있었다. 내가 사랑했던 그의 어떤 부분. 별똥별의 길고 뜨거운 꼬리처럼, 화상 자국처럼 끝까지 나에게 남아있을 그의 파편으로 글을 쓴다.

나는 나에게 가해자다. 무지와 어리석음으로부터 나를 지키지 못했다. 나는 아직도 나를 용서 하지 못했고 용서받지 못한 나는 죄책감에 시든다.

　　'어떻게 내가 나한테 그래'

　　나를 사랑했던 만큼 나에게 받은 상처는 깊고 웅장해서 나와 함께 멸망할거다. 과거의 무구한 나나 죄 많은 나나 밉다. 미워서 지겹다. 나의 가해자. 영원히 내 안에 가두어 두고 사살하고 싶은. 자기 혐오가 얼마나 보편적인지 이제는 궁금하지도 않다. 지옥은 내 안에 있다. 내 안에 모셔진 무간에 나를 던져 넣고 불을 땐다. 과거가 고쳐질 때까지. 지옥불에서 말을 거는 나의 얼굴이 조금도 일그러지지 않는다. 나의 죄는 녹는 점이 높다.

'지금의 내가 괜찮으면, 지금의 내가 살만
하면 과거도 고쳐질 거야.'

나와 같은 얼굴로 괴롭히는 낯선 목소리.
뻔뻔하기도 하지. 이미 나는 망가졌는데. 고
장 난 내가 세계를 망치는데.

'무너져야 새로워지지.'

가해자의 목소리다. 못할 짓을 해놓고 불
쑥불쑥 살고 싶어하는 나를 나는 도저히 용서
할 수가 없다. 다시는, 다시는 돌아갈 수가 없
다.

앉은뱅이 사장이 세 명 몫을 한다는 말이 있다. 나는 카페 사장이다. 카페 춘추 전국 시대에 카페 사장으로 살아간다는 것은 우아한 삶과는 척을 지겠다는 선언에 가깝다는 것을 이제는 안다. 내가 생각하는 우아한 삶은 참지 않는 것. 아니 참을 필요가 없는 것. 오늘도 나는 인테리어 업체 사장과 극딜을 하고 분노를 참고 하자를 견뎠다.

매일 세 명 몫이 다 뭔가. 가끔은 플라나리아가 되어서 잘게 쪼개 지고 싶다. 인사, CS, 마케팅, 회계, 경영. 이 일을 모두 혼자 하고 있다면 아주 보편의 장사꾼, 대중적인 사장님. 포장하면 대표, 격하하면 땜빵러인 것이다. 직원을 둔다고 해서 해결되지 않는 수많은 문제와 일거리들. 역병으로 크게 요동치

는 시대와 정서. 우후 죽순처럼 생겨나는 신상 카페들. 참아야 하는 수많은 비논리와 언쟁들. 견디는 것인지 싸우는 것인지 알 수 없는 일상의 연속이다. 비단 카페 사장뿐이겠는가. 모든 자영업자들의 생이 다를 바 크게 없으리라는 것. 영원한 종착지가 아니라 타인의 정거장 혹은 간이역일 수밖에 없는 외로운 이 직업을 10년째 이어나가고 있다.

사실 카페를 차리면 우아한 손님들을 대접하고 남는 시간에 책을 읽고 글을 쓰거나 커피를 홀짝일 거라고 생각했다. 실상은 앉아 있을 시간이 거의 없다. 직원은 주 오일 근무지만 스스로의 복지는 형편없다. 내 가게에 내가 유폐되었다. 가끔은 그것이 자의였는지조차 잊는다. 코로나 시대 전에는 딱 말라 죽기 직전에 멀리 여행이라도 다녀왔겠지만 이제 그런 환기의 순간마저 없으니 이렇게 혼탁한 넋두리만 늘어놓게 생겼다.

'그럼에도 불구하고'라는 불구의 부사를 붙여도 허용이 되는 영역은 역시 연애와 직업 밖에는 없는 듯하다. 그럼에도 불구하고 이 일을 이어나갈 수 있는 힘은 무엇일까. 내 취향의 좋은 부분만 엑기스로 뽑아낸 공간과 그곳을 이용해 주는 80%의 좋은 손님들. 그리고 매일이 다르다는 점. 극의 유동성을 견딜 튼튼한 심장만 있다면 꽤 매력적인 일이긴 하다. 일단 뽀대는 나니까. 당신들의 퇴사 후 장래희망을 살아가고 있다는 자부심과 허세로 오늘을 버텨본다. 그래도 일단 누가 카페 한다고 하면 인류애로 한 번은 말려볼 작정이다.

스물일곱의 그는 우는 일이 많았어.
해서 서른일곱이 되었을 때 물었지.

'요즘은 어때?'

'이제는 고개를 떨굴 일이 많지.'

그의 고개는 점점 지구를 향해 나아가다
결국 별의 일부가 될 거야. '외롭고 낮고 쓸
쓸한' 말로야. 예언은 엔딩만 잘 맞추면 추앙
받지. 이진법의 세계에 고개를 높이 들고 하
늘을 보는 것은 오류. 우리는 높을 수가 없어.
하늘이 다가오는 것 이외에는. 그는 자신에
게 정차하는 사람들을 위해 침묵하지. 침묵처
럼 온화한 소통은 없으니까. 고요하다고 해서
그들을 덜 사랑했을까. 자신을 향해 수렴하는

고독을 잘 갈무리하고서 타인의 종착을, 그들의 안녕을 빌어준다. 스물일곱의 그는 떠나는 자들을 향해 울었으나 서른일곱의 그는 잃은 것이 없었지. 가진 적도 없으니. 떠나가는 쪽과 남아있는 쪽. 이진법의 문제를 풀어내느라 십 년이 흘렀어. 그는 종착지는 못되었으나 누군가의 섬, 누군가의 간이역, 누군가의 정류장이 되어 가끔 북적이고 때때로 쓸쓸해.

'다음 생에는 강물처럼 흘러갈래. 어디에나 정박하고 어디에도 묶이지 않고.'

흘러간 것은 다시 돌아오지 않지. 그의 떨군 고개를, 햇빛이 번져 앉은 뒷덜미와 굽은 어깨를 고요로 격려하는 밖에 도리가 없어.

권선징악에서 징악을 맡고 있습니다.
은혜는 못 갚아도 원수는 갚습니다. 사주에
경금이 있어 이 쇠붙이를 다 갈면 언젠가 예
리한 비수가 될 겁니다. 그게 언제가 될지 모
르니까 짖지 마세요. 물기 전에 찌를 겁니다.
나는 복수를 위해 설계되었습니다. 생(生)을
걸고 사(死)를 준비합니다. 연금처럼 쌓은 증
오를 행운을 위해 쓰겠습니다. 행운은 행복
이 아닙니다. 행복은 착각. 착각은 자유가 아
니라 방종입니다. 겨울처럼 흔들렸습니다. 여
름처럼 나아가고 있는 중입니다. 푸르고 독한
말들로 벼르고 있습니다. 무장한 것들이 해제
되는 날 다시 찾아 뵙겠습니다. 친애하는 것
들을 부디 비밀로 하고서.

매일 일기를 써. 매일 행복하지 않다는 말이야. 기록의 누락을 기다려. 길지 않게 살았는데 악하게 사는 건 너무 쉬운 일이더라. 악한은 스타카토. 쉬운 사람을 존경할 수는 없지. 선악과는 납작하지 않은 인간을 2D로 만들어. 착한 악인이 넘쳐나는걸. 수익이 정의고 손해가 악이라고 말하는 사람들을 만나지. 괴로운 것은 그 말에 점점 동조하는 나 자신. 신념과 정의, 선, 존엄, 양심. 이런 인간 이상의 것들을 지키기 위해 얼마나 강해져야 할까. 착한 사람들은 강한 사람들이라는 것을 깨닫는데 이만큼의 생을 썼는데. 악하게 태어나 착하게 죽어가려면 매일 일기를 써야겠지.

매일 일기를 써. 매일 행복하지 않다는 말이야. 띄엄띄엄 쉼표처럼 비어있는 날짜에 나는 나빴을 거야 아마. 행복한 날에 나는 무언

가를 잊었을 거야 아마. 아마라고 흐려버린 기억 어느 부분에서조차. 뉴스의 악인들은 평범한 얼굴을 하고 거울에 비친 내 얼굴도 마찬가지. 나는 언제든 쉬운 악인이 될 수 있다는 것을 명심하고 또 명심해. 저열하게 빛나는 행복 너머에, 누락한 기록 너머에, 창 밖으로 흩날리던 봄밤 너머에도 악은 도사리고 있지.

벚꽃 잎을 손에 쥐면 손바닥 안에서 심장이 뛰어. 이 얇고 여린 것. 쥐어서 망가뜨릴까. 후후 불어버릴까. 책갈피에 끼울까. 내 안에 날뛰는 것이 무엇인지 알아. 약하고 어린 것 앞에서 무엇이 될지 선택해야 해. 쉬운 악인이 내 안에 사는 한 나는 매일 일기를 쓰게 될 거야. 흉포하고 무참한 짐승을, 가난한 본성을 발설하지 않기 위해.

구름이 하얗다. 어제 내린 비로 구름을 표백할 수 있을 거라는 생각이 들었다. 먹구름 가득한 하늘. 그게 나의 세계다. 거기선 하늘색이 먹색이다. 하얀 것은 가벼워 보인다. 나도 새하얗게 가벼워질 수 있을까. 겁먹은 고양이의 동공처럼 어둠은 살아서 몸집을 키운다. 컴컴하게 숨을 쉰다. 컴컴. 하고 어둠은 짖는다. 내가 나처럼 못살아서라고 야유해 본다. 고독에 기댄다. 고독이 없으면 도무지 나는 나를 일으켜 세울 수가 없다. 인생은 뜻대로 되는 일이 아무것도 없고 행복할 찰나에 늘 불행이 드리웠다.

'이 정도면 정말 만족해.'

'아 너무너무 행복하다.'

그렇게 읊조리는 순간 불행과 우울은 목덜미를 벤다. 자칫하면 모가지가 통째로 달아나서 데굴데굴 굴러다녔을 거다. 그래서 나는 행복을 조심하는 사람이 되었다. 함부로 만족하지 않고 기쁨 앞에 좌절을 준비한다. 슬픔을 마중하는 것은 설레고 기대하는 것보다 안도가 된다. 내 안의 동공은 먹색. 하얗게 멀었으면 좋겠다.

바닷길을 걷는 초로의 남자가 있었다. 그는 절어 있었다. 땀, 피곤, 혹은 그 무엇. 초여름의 햇볕은 충분히 뜨거웠고 그는 가게 파라솔에서 쉼을 청했다. 그는 웃는 동시에 울고 있는 것 같은 기묘한 표정으로 시원한 커피를 주문했다. 소금기와 옅은 술 냄새 같은 단내가 풍겼다.

"근처에 편의점이 있나요? 생필품을 사야 할 거 같아요. 칫솔이나 양말 같은."

혼자 걷는 사람들의 면면은 대부분 고행자나 수도사 같은 고독과 비장미가 있기 마련이다. 그러면 나는 산티아고의 수도원처럼 와인을 내어주는 대신 커피를 내린다. 그리고 듣는다. 내가 잘하는 것은 그뿐이다. 멀고 아득한 눈으로 바다를 훔치던 남자는 허옇게 샌

수염 투성이인 턱과 얼굴을 쓸어 내렸다. 오
랫동안 다듬지 않은 얼굴이었다.

"바다가 좋습니까?"

바다가 좋은가. 나는 왜 여기에 머무는가.
바다는 그저.

"바다에 딸을 잃었습니다. 잃은 딸이 슬퍼
아내도 잃었습니다. 이러다가는 나도 잃을 것
같아 남은 두 아이를 내버려 두고 무작정 걷
고 있습니다."

때는 세월호 삼 주기가 지나던 시점이었
던 것 같다. 절어 있는 남자를 절였던 것이
무엇인지 잠자코 들었다. 들어주는 것 이외
에 함부로 차오르는 위로를 감히 건넬 수 없
었다. 잊으려고 걷는 게 아니라 잊지 않으려
고 걷는 그의 마음이 깊었다. 깊어서 어두웠

다. 세월호 참사가 떠올랐다. 나는 그때 겨우 슬펐고 고작 기도했다. 신이 있다면 제발. 없다 해도 제발. 남자는 그 무간의 연속성 아래 걷는 것으로 마모되어 가는 듯했다. 그의 웃는 듯 우는 얼굴을 여며주고 싶었다. 터져 나오는 울음이 쌓여 파도가 되었다. 우리는 어쩌지 못하고 숨이 막혀올 때까지 소리 내어 울었다. 흐느끼는 소리. 애가 끓는 소리. 우는 와중에도 그는 자주 웃는 얼굴로 돌아갔다. 웃는 낯이 본래 그의 얼굴이라는 사실에 더 큰 울음이 터져나왔다. 내 울음이 응원이 될 리는 없겠으나 나는 아직도 떠나던 남자의 희미한 걸음이 눈에 선하다. 부디 당신에게 이제는 그 어떤 멸망도 없었으면 좋겠다.

생리가 시작되었다. 아랫배에 무겁게
풍랑이 인다. 몸이 끊임없이 좌초하는 기분이
다. 폭풍에 휩쓸린 낡은 폐선처럼 호르몬 따
위에 전부가 흔들린다. 뱃속에 달이 있어 차
고 이지러지는 모양새가 시시각각 느껴진다.
그믐의 까끌한 모양새. 보름의 팽만감. 상현
과 하현의 불안. 나는 액체다. 몸에 담겨서 몸
에 갇혔다. 몸의 깨진 틈 사이로 나는 흐른다.
어는점은 높고 녹는점은 낮다. 나는 대체로
기화하지 못한다. 체온만큼 뜨겁고 겨울처럼
냉랭하다. 붉은 아랫목. 나는 이지러진다. 몸
이 나를 좌우한다. 잠기고 열린다. 구부리고
흐느낀다. 생리는 변명이 아니다. 일종의 병
명. 고집처럼 피고 진다.

나는 자다가 죽는데요. 환청이 들린다고 했다. 잠드는 것은 억지. 깨어있는 것은 환상이라는 기분. 잠에 굶주린 나는 노숙을 하고 우주의 평범으로 돌아가는 장래희망을 가진다.

하루에 마신 커피가 일흔 잔. 나이도 그만큼 먹은 것 같다. 혜원이는 상냥하고 아린이는 라일락 같아. 두 아이는 신입이다. 부럽다. 젊다는 것은 재주지. 나는 청년을 잃고 생에 재능이 없다.

나도 상냥하고 싶어. 환각이 보인다고 했다. 자양강장제의 발음이 잠을 유발한다는 기사를 쓴다. 잠들지 않겠다와 잠들지 못했다의 오역과도 같은. 나의 밤이 꿈으로 귀환한다.

나는 자다가 죽는데요. 간헐적인 죽음이
밤마다 찾아오는 사람들. 내 위에 몸겨누운
사람들. 충간 소음. 고요에 치를 떤다. 노숙자
는 잠으로부터 영원히 떠도는 신분. 나는 잠
을 가지지 못했고 밤이 없고 꿈은 상했다.

　　장래가 촉망되는 수면유도제를 구입한다.
유도하는 것은 순하다. 잠이 따라오다 나를
놓친다. 기면. 숙면. 수면. 영면. 잠의 면면들.

"선배랑 같이 죽고 싶어요."

악인은 번뇌하지 않는다. 소다는 악인이
되기로 마음먹는다. 날것의 호감을 호호 불어
먹어야 할 만큼 뜨겁게 건넨다. 팔은 안으로
굽으니까 안쪽 팔꿈치부터 손목까지 곧게 긋
는다. 뼈에 칼을 박는다는 느낌. 사람의 가죽
은 생각보다 질긴 것이라 여기며 가장 크고
튼튼해 보이는 셔터 칼을 고른 것을 후회하지
않는다. 파란의 표정이 굳는다. 긴 일본식 복
도. 이 학교는 일제시대에 지어졌다고 했다.
창 밖으로 오월의 찔레꽃이 만발했다. 매캐한
장미 냄새는 피 냄새를 닮았다. 아닌가. 오래
된 그네의 녹슨 쇠사슬을 하루 종일 쥐고 있
었을 때 나던 강박의 냄새였을까.

호그와트처럼 숲 등성을 차지한 학교 꼭

대기엔 붉은색 십자가가 걸려있다. 불교신자와 불가지론자가 더 많이 다니는 이상한 미션 스쿨이었다. 소다는 파란에게 매운 거절과 모욕의 편지를 받았다. 세상만사 무심하고 귀찮은 사람처럼 보이던 파란에게 그토록 성실하고 사나운 거부가 숨어있을 줄이야.

소다는 파란이 좋아서 미쳐 죽을 지경이다. 이 뜨겁고 생경한 마음을 도무지 어떻게 다뤄야 할지 모르겠다. 소다는 쫓고 파란은 도망친다. 소다는 사진부다. 파란을 처음 봤을 때 그녀의 얼굴에 드리운 명암이 좋았다. 몇 번은 몰래 그녀를 찍었다. 파란은 발레리나였다. 예고로 진학했다 교통사고로 엄지발가락과 발등이 망가져서 같은 재단인 이 학교로 왔다. 십 년간 기른 머리를 잘랐다. 목덜미가 훤히 드러날 만큼 짧고 까슬하게. 파란은 유령처럼 학교를 떠돌았다. 이어폰에는 아무 음악도 흐르지 않았으나 항상 꽂고 다녔다. 파란은 스쿨버스에서도 언제나 맨 뒷좌석에

짱 박혔고 필요한 말 이외에는 거의 하지 않았다. 소녀들은 파란의 신비롭고 어딘가 고독한 모습을 동경했다. 소다는 수많은 소녀 중 한 명이 되고 싶지 않았다. 파란을 몰래 찍은 사진을 현상해서 그녀에게 내밀었다. 파란은 뜨악한 표정을 지었다. 좋아한다는 고백을 했다.

파란은 소다를 피했다. 소다는 그때부터 계속 파란을 쫓았다. 파란은 야자를 째거나 채플 시간에 쓰레기장으로 피신했다. 버려지는 것은 너무나 다양한데 쓰레기장에서는 항상 같은 냄새가 났다. 무겁고 농후했다. 파란은 전자 담배를 피웠다. 전자 담배도 담배고 가공 식품도 식품인데 소다가 자신을 좋아한다는 말은 어쩐지 다 허구 같았다. 소다의 스토킹은 날로 심해지고 있었다. 메신저를 해킹하거나 준비물이나 과제를 훔쳐가 놓고 뻔뻔하게 도와주는 척을 했다. 그나마 소통하고 지내는 반 친구들과도 서먹해진 것은 소다의

짓이 분명하다고 생각했다. 이만하면 경고를
줘야 한다. 파란은 길고 매운 항의와 분노의
편지를 썼다. 붉은 색 글씨를 꾹꾹 눌러썼다.
열여덟 인생에 가장 편협하고 모욕적이고 사
나운 말을 적어나갔다. 초록색 교복 카디건이
덥게 느껴지는 오월이었다. 이윽고 소다는 파
란 앞에서 자해를 했다. 파란은 가해자의 신
분이 되었다.

같이 죽고 싶은 건 대체 어떤 마음일까. 같
이 살고 싶었던 적도 없는데. 파란은 십자가
가 걸린 옥상 위에 섰다. 바람결에 장미 냄새
인지 피 냄새 인지가 실려오고 있었다.

위 사람은 무용한 시간을 보내야 정상적인 작동을 합니다. 영리와 공익을 위해 쇄신한 위 사람을 잘 돌보아 주세요.

위 사람을 기계 다루듯 대해 주세요. 기계는 무리하면 오작동을 일으키거나 빨리 마모되어 수명이 단축됩니다. 적당한 휴식으로 과열을 방지하고 윤활제를 뿌려주세요.

위 사람에게 과도한 인간을 요구하지 마십시오. 열정과 비전 팔이, 무리한 기개, 이타적 타협. 이 모두가 위 사람을 고장 나게 만듭니다. 괜찮다고 말할 때가 제일 위험합니다.

유튜브, 넷플릭스, 인스타로 무의미한 시간을 보낼 때 특히 내버려 두십시오. 그는 일

종의 불멍을 하고 있는 것입니다. 21세기 불멍은 위 사람을 스트레스로부터 구원합니다.

글을 쓰거나 그림을 그리거나 사진을 찍는 위 사람을 방해하지 마세요. 후회와 분노의 데이터로부터 회복되고 있는 중입니다. 그어떤 책망도 금물입니다.

무의미만이 위 사람을 온전하게 합니다. 위 사람을 기계만큼이라도 존중해 주십시오. 자주 점검해 주시고 특히 관절과 근육을 아껴 주십시오.

나는 개인가. 당신의 손등을 핥는다. 듣기 좋은 말을 하고 당신의 칭찬을 바라고 순종하기로 한다. 배를 뒤집는다. 나의 가장 약한 부분을 당신에게 보여준다. 나의 약점은 고지식하고 원칙주의자인 반면 변덕이 심한 것. 변덕이 심하다는 것에 당신은 주목할 필요가 있다. 당신의 모든 것을 믿고 의지하기로 한다. 목동이 별을 보고 길잡이를 해주듯 나는 당신의 뒤를 따른다. 그것이 설령 벼랑 끝이라 해도. 나의 충성심을 나는 의심하지 않는다. 나는 의리가 있고 당신의 약한 모습에 약하고 또⋯⋯.

　나는 늑대인가. 당신의 뒷덜미를 문다. 당신의 가장 약한 부분을 할퀴기로 한다. 배신은 뜨겁고 복수는 차갑다. 당신은 나에게 속

앉다. 석양이 질 때, 언덕 너머 내가 등장했을
때, 양들이 부산스럽게 울어댈 때. 당신은 나
를 쐈어야만 했다. 당신이 가진 모든 것을 침
탈하기로 한다. 양들과 목장. 당신의 아이들.
아내. 일상. 닥치는 대로 물어뜯고 가지기로
한다. 석양이 질 적에 함부로 손 내밀지 말라.
내민 손부터 나는 천천히 물어뜯을 것이다.

멧돼지가 세 마리 뛰어드는 꿈이라
고 했어요. 너무 크고 거친 멧돼지가 돌진
하는 바람에 잠에서 깨어났다고 했어요. 복숭
아, 선녀, 꽃. 하고 많은 예쁜 것을 놔두고 멧
돼지라니. 딸을 갖고 싶었던 엄마는 크게 낙
심하고 말았어요. 비나이다 비나이다. 예쁜
딸을 점지해 주소서. 그렇게 떡두꺼비 같은,
아니지 멧돼지처럼 우람한 아기가 태어났어
요. 다섯 살이 될 때까지 동네 사람들은 다 아
들인 줄 알았다고 했어요. 고놈 참 장군감이
네. 아드님이 잘생겼네요. 크면 여자 좀 울리
겠어. 앨범에 꽂힌 사진을 들여다보면 한결같
은 바가지 머리의 남자아이가 있어요. 앞구르
기, 뒷구르기, 옆구르기를 해서 봐도 그 시절
사진에 나는 영락없는 남자아이예요.

속상한 엄마는 내 손을 이끌고 무용학원

에 갔어요. 토슈즈와 튀튀를 입은 하늘하늘 코스모스 같은 선생님이 나를 보고 눈이 동그 래졌어요. 발레리나든 발레리노든 그게 무슨 상관이겠어요. 말랑말랑한 나의 몸은 슬라임 처럼 유연해서 스트레칭을 할 때 신음 한 번 내는 적이 없었지요. 발레는 아름답고 우아해 요. 나는 멧돼지를 벗고 백조가 되기도 정령 이 되기도 했어요. 물 위를 걷는 것과 같이 발 끝으로 걸을 때 사위를 감싸는 공기의 질감 이 좋아요. 다소 안짱다리였던 뼈들은 바깥을 향합니다. 이제는 평소에 걸을 때도 선비처럼 걷지요. 뒷짐만 지면 완벽해요. 사뿐사뿐 토 슈즈의 굽을 살펴보노라면 멧돼지의 발굽처 럼 생겼다는 생각을 해요. 이탈리아 사람들이 자주 하는 제스처처럼 오밀조밀 모아진 발굽 이 커다란 덩치를 지탱하다니. 엄마의 태몽이 영 틀린 건 아니었다고 피식 웃었더랬어요.

그 일이 있기 전까지는…….

익사하는 계절 앞에 무릎을 꿇는다. 연두는 도래했다. 숨이 막힌다. 하루 종일 숲에 갇히고 싶다가도 밤새 바다에 수장 당하는 꿈을 꾼다. 일을 하느라 생을 까먹고 있다는 생각이 든다. 당장에 아름다운 것들이 지천인데 나는 나를 대행한다. 오늘의 준비물은 상냥한 마음가짐. 호외를 외치는 뉴스 보이처럼 나의 친절을 기꺼이 팔아 치우기로 한다.

아모르 파티, 그렇다면 다시 한번. 니체형은 니체형이니까 그런 말을 한 거지. 나는 수십 번을 다시 태어나도 성실하게 꾸역꾸역 밥 말아먹듯 인생을 말아먹고 있을 거다. 정말이지 다시는 다시 태어나고 싶지 않다. 깨닫지 않고도 도달할 수 있다면 바보 같은 나라도 지불할 텐데. 춤추는 별을 잉태하려면 내면에 혼돈을 지녀야 한다면서. 내면에 소용돌이 하

나쯤 없는 사람이 어디 있을까. 우주는 차갑다. 빛나고 싶어서 빛날 리 없는 별들이 가엾다.

멀리 우주에서
오래 전 바다에서
이곳에서

푸르게 빛나는, 하나

여담 하나. 서하나 작가는 어느 날 승슝에게서 출판 제안의 탈을 쓴 팬 메일을 받고 엉겁결에 수락하게 되는 데…….

갑 서하나 자까님께

네, 오타 아닙니다. 경상도 방언으로 진짜 좋아하는 과자는 '까자'잖아요. 그런 의미여요(수줍수줍). 어줍잖은 농담으로 글을 시작해 봅니다. 자까님! 저의 첫 작가가 되어주셔서 고맙습니다. 편집일을 제대로 배운 적도 없고, 제 책 한 권 독립출판 한 것이 전부인 저를 뭘 믿고 덜컥 글을 맡기셨나요. 이 책을 새로 내고 싶다는 충동이 일고, 그 생각에 자려고 누워서도 짜릿하던 밤을 보내면서도 작가님께 제안드리는 것은 말도 안되는 일이라고 생각하며 여러 달을 보냈습니다.

네, 작가님이 2021년 2월 2일에 확인하신 메일은 해를 넘겨 고심한 후에야 겨우 보낼 수 있었던 죄송한 편지였어요. 이틀이 되어도 답이 없으셔서 참 말도 안되는 말이었나 보다 혼자 낙심했다가 혹시 하는 마음에 수신

확인을 해보니 메일을 보낸 걸 모르신다는 것을 알고, 핸드폰 번호를 찾아 확인 부탁 문자를 보내는 건 정말 한 번만 더 용기를 내보자 하는 마음이었습니다. 24분 후, 이렇게 답장을 보내셨죠.

메일 확인이 늦었습니다. 부족한 글에 먼저 좋은 제안 주셔서 너무나 감사합니다. 작가님의 《슬프고 야하고 다정한》 책을 읽고 공감을 많이 한 독자로 이런 좋은 기회를 주신다니 기쁘고 얼떨떨할 따름입니다. 유니크하고 요염한 작가님의 책 디자인도 무척 인상 깊었답니다. 개인적인 독립출판 경험이 전부라 큰 도움이 되지는 못하지만 즐거운 프로젝트라고 생각하고 열심히 참여하고 싶습니다. 처음이 되어 주셔서 감사합니다.

저도 믿지 못하는 제 손을 덥썩 잡아주셔서 정말 큰 힘이 되었습니다. 한 단어 건너 등장하는 '책 디자인'을 수식하는 '유니크하고

요염한'이라는 형용사를 제 멋대로 '작가님'
에 걸어보기도 하며 혼자 웃었다는 것은 안비
밀입니다. 처음 《행성의 기분》을 읽었을 때가
생각납니다. 이게 뭐지? 지구 밖에서 온 오래
된 이야기를 손에 든 기분이었어요. 인간의
생으로는 쫓을 수 없는 긴 시간을 고요하게
찌릿하게 유영해 온 운석의 파편을 손에 쥔
것 같았어요. 네, 과장입니다. 대리도 부장도
아닌, 네, 그만하겠습니다.

작가님의 글을 교정하며 제일 많이 하는
게 없어도 될 것 같은(제 의견일 뿐입니다만)
단어를 덜어내는 것인데 이 편지는 정말 군더
더기만 풍성하네요. 이 작자가 봄 햇살에 간
지럼 타나보다 여겨 주셔요.

작가님의 첫 번째 책 《격랑주의보》 교정
본을 함께 보냅니다. 다섯 번째 읽고 있는 글
인데도, 좋네요. 함께 한껏 차올랐다가 철
썩 부딪혀 부서지며 읽었습니다. '이거 빼는

게 어떨까요?', '새로운 의미 없이 반복됩니다.', '전체 맥락과 이 문장은 안 맞는 것 같아요.' 사이에 숨어 있는 제 캬아-(감탄)와 허어-(탄식)도 꼭 같이 보아 주세요. 자꾸 아득하니 넘실대는 파도 아래로, 고요한 심해로 잠기고만 싶은 정신을 붙잡고, 연필을 들어 허벅지를 찌르며 줄을 긋고 의견을 적고 있습니다. 저의 미숙함으로 오독한 문장들이 있다면, 답답하시더라도 깊은 뜻을 풀어 주시길 부탁드려요. 혹시나 조금이라도 불쾌한 부분이 있다면 저의 모난 인성과 모자란 표현력 탓이니 마음껏 큰 소리로 저를 욕해주세요. 그리고 서툰 교정본 초안을 진정한 글의 주인으로서 재교정해 주시면 됩니다. 끝나면 "못난 편집자 놈아, 옜다. 이대로 하면 되느니라." 돌려 보내주세요.

점점 신이 나 선을 넘는 역할극 놀이가 되어 가고 있는 이 편지는 여기서 갑자기 끝이 납니다. 이 글을 같이 보내고 싶은 욕심에 진

즉에 작업이 끝난 교정본을 못 보내고 있어요. 하. 하하. 전에 말씀드렸지만 작가님의 꼼쳐 두었거나 새로 쓴 산문과 운문도 제가 노리고('음흉한 목적을 가지고 남의 것을 빼앗으려고 벼르다_표준국어대사전) 있습니다. 순순히 주시지 않으면 울겠습니다. 그럼 작가님의 답장을, 아니 재교정본을 기다리며 저는 《행성의 기분》교정하고 있겠습니다. 분명 끝나가는 편지였지만,

　'두 번째 책, 《행성의 기분》은 제 짧은 독서의역사에 비춰 보기에도 너무 근사한 글들로 가득 차 있습니다. 일상과 기억과 환상을 넘나드는 에피소드들이 신비롭고도 절절한 분위기를 자아내는 것이 정말 흠뻑 빠져드는 기분이었습니다.'

　제가 처음으로 책 작업 의뢰를 드렸던 메일에 이렇게 쓸 만큼, 《행성의 기분》을 향한 제 애정이 깊어 작업을 앞두고 마음이 마

구 설렙니다. 네, 아직 시작 안하고 있습니다. 《격랑주의보》를 교정 하면서는 휘감아오는 물살을 어떻게 잘 넘겼지만, 《행성의 기분》에서는 중력을 놓친 우주미아가 될 지도 모르겠습니다. 편지와 교정본과 함께 정신줄을 동봉하오니 소식이 없다 싶으면 힘껏 당겨주세요.

작까님! 꼭 잠 줄이지 마시고 건강 잘 돌보시길 바랍니다. 졸저 《나를 껴안는 글쓰기》, 《가볍고 불량한 비거닝》, 《슬프고 야하고 다정한+오랜 이별 뒤에》 같이 보냅니다. 읽지 마시고 작업하시는 책상 위에 두시고 제가 작가님의 수정본을 기다리고 있음을 상기시키는 용도로 사용해주셔요. 고맙습니다.

을 편집짜 숭숭 드림

여담 둘. 2021년 2월 2일에 닿은 이
인연은 승승의 미숙함과 늑장으로 1년
을 넘겨, 2022년 2월 22일 장기하의
앨범 《공중부양》과 함께(?) 서하나 환
상산문집 《하얀 난쟁이는 영원히 소멸》
으로 결실을 맺는다. 이어지는 글은 한
창 편집 작업을 하다가 승승이 쓴 넋두
리.

작가님의 글을 책으로 만들어 보고 싶습니다. 내가 1인 출판사의 무허가 편집자로 이런 고백을 하게 될 줄이야. 나도 몰랐다. 정말 몰랐,

　　잠깐. 방금 '죄송합니다, 작가님'으로 시작하는 긴 편지를 시작할 뻔 했다. 멈출 수 있어 다행이다. 아무튼. 나는 내게 없는 디테일과 다정함과 말솜씨를 만회하려는 듯한 친절한 글쓰기를 한다. 아니, 하려고 하는데, 서하나 작가는 과거, 꿈 속, 바다 아래, 우주 저 편의 이야기를 크로키 하는 듯한 글을 쓴다. 도대체 어떤 글인지 감이 안 온다면 OK! 내가 설명을 잘한거다. 분명 서하나 작가의 생년은 팔십 년대후반 같은데, 불쑥 등장하는 묵은 단어들은 팔공 학번 같이 아련하다던지. 분명 서하나 작가는 부산 토박이인 것 같은데, 문

장들은 물고기 자리 어디선가에서 태어나 우주를 떠돌다 온 것 같이 아득하다던지. 분명 서하나 작가는 계약서에 싸인하는 첫 미팅에서도 내내 깨발랄했는데, 서하나 작가가 쓴 손바닥만한 글 한 편 읽고 나면 괜히 적적해져 조금 전에 마신 커피를 다시 내리게 되는 것이다. 독자로 서하나 작가의 책 《행성의 기분》을 만났을 때 나는 너무나 새롭고 즐거워서 아껴 읽고 필사하며 읽었다. 이어서 《격랑 주의보》도 사서 읽고, 다시 읽어도 좋아서 출판 제안 메일을 쓰게 된 것이다.

정말로 그랬는데, 진짜 진짠데 편집자로 눈을 부릅뜨고 덤벼들어 읽을 때는 첫 교정지에 '안 읽혀요', '반복되요', '바꾸면 어떨까요'를 잔뜩 쓰게 되는 이 건 뭐지 싶었다. 몇 달에 걸쳐 교정지를 여러 번 주고 받고 다시 읽고 또 읽고 있는 지금은 처음의 문장으로 되돌리는 일이 많다. 매끄럽게 잘 읽히는 글과 작가의 목소리가 뚜렷하게 들리는, 작가의 마

음이 콕하고 와 닿는 글은 다르구나. 배웠다.
처음이라 실수도 배울 일도 참 많고 많다. 함
께 열심히 닦고 조이고 기름칠한 글들을 보이
고 만져지는 책으로 태어나게, 독자들의 손길
과 마음에 닿게 할 수 있을까. 심하게 두렵다.
그래도 조금은, 아니, 많이 설렌다.

임하

Q1. 나의 가장 빛나는 시절에 대해서 써주세요.

초, 중, 고, 대학까지 도합 16년. 꾸준히 학교가 싫었다. 탈출하려 했지만 스스로를 책임질 능력이 부족했던 탓에 매번 주저앉았다. 그때를 생각하며 가장 진하게 드는 기분은 실패했다는 감각이다. 스스로 생각하고 결정하는 걸 실패했다는 감각. 어쩌면 실패하는 것을 실패했다는 그런. 나이의 숫자가 커져갈수록 자주 아쉬워했던 것 같다. 그때 실패에 성공했더라면 나는 지금 조금 더 용감할 수 있을까, 하고.

그런데 왜 가장 빛나는 시절이라는 말을 들으니 그 시절의 내가 떠오르는 걸까. 아랑곳하지 않고 하고 싶은 일을 생각하고, 서점에 들락거리며 꿈꾸는 세계에 대한 책을 모았

다. 사랑하는 이야기들도 실컷 만났다. 친구들과 깔깔 웃고 놀 수 있는 만큼 힘껏 놀았다. 선택하지 않은 환경에서 스트레스야 적잖았고 방해물도 만났지만 어떻게든 저떻게든 거쳤고 겪었다. 마치, 지금의 나와 별반 다르지 않은 것도 같다.

상황이 복잡해지고 체력은 떨어졌지만 그래도 나는 내가 가장 빛났다고 생각하던 그때의 얼굴을 여전히 가진 채 살고 있구나. 새로운 발견을 한다. 여전히 겁을 먹고 여전히 아쉬워하고 여전히 스스로를 책임질 능력이 부족하지만 그래도 나름대로 즐겁게, 적당히 아랑곳하지 않으며 어떻게든 겪어가고 있다. 어쩌면 훗날의 내가 가장 빛났다고 생각하는 시절이 지금이 될 수도 있을까. 그랬으면 좋겠기도 하고 이거 말고 더 나은 게 있었으면 좋겠기도 하고 언제나 반반의 마음. 그렇다. 호호.

슝슝: 임하(제가 옛날 사람이라 그런지 그리운 님, 임을 향한 행진곡 등 아련하고도 멋진 호칭으로 느껴집니다. 님은 빼고 존대합니다.)!

'나는 내가 가장 빛났다고 생각하던 그 때의 얼굴을 여전히 가진 채 살고 있구나'. 이 문장 너무 멋져요. 정말이잖아요. 그 모습, 그 마음 많이 바래진 것 같아도, 때 묻은 것 같아도 사실은 여전히 그때의 나잖아요. 불쑥 커버린 몸을 가진 그때의 나요.

모든 순간의 임하는 빛나고 있어요. 임하가 깨닫든 그렇지 않든요. 그러니 두려운 가운데서도 끊임없이 나를 위한 선택을 해내는, 고된 현실을 살아내며 기쁨과 감사를 발견하는 삶을 살아요. 이야기를 써가요. 첫글의 피드백부터 혼자 흥분한 듯해서 조금 민망하지만, 너무 설레는 문장을 만나버려서 어쩔 수 없었네요. 함께 써주어 고마워요. 앞으로 잘 부탁합니다~!

Q2. 지금 선택의 기로에 있다면 그 상황 속의 나를, 나의 마음과 생각과 행동을 묘사해 주세요.

하나의 일에 깊게 몰두하는 장인들이 늘 부러웠어. 천착한 일을 오래도록 깊게 파서 인정도 받고 그것만을 평생 해도 좋다는 세상의 허락을 받은 사람들. 멋있고 부러웠어. 하지만 멋있다고 생각하면서도 네가 그럴 자신은 없었어. 그러기엔 넌 너무 많은 것들이 늘 눈에 들어왔던 것 같아.

15년은 하나의 길을 가는 데 짧은 시간은 아니지만 너는 그 길을 설렁설렁 지났던 것 같아. 그저 궤도만 이탈하지 않으면 아주 천천히든 제자리걸음이든 그 길 위에 있을 수 있었어. 누군가에게 업혀서 가기도 하고 어느 순간부터는 다른 이가 끄는 마차에도 올라탔

어. 하지만 계속 그러고 있으니 시간은 흘렀고 너는 점점 내가 이 길을 잘 갈 수 있을지 확신이 없어지기 시작했어. 마차에서 내렸을 때 네가 스스로의 걸음으로 잘 걸을 수 있는지, 가끔은 무아지경으로 뛸 수도 있는지, 설령 도착하지 않더라도 계속 가고 싶은지 확인이 필요했어. 그리고 만약 그렇지 않다면, 다른 길을 가고 싶다고 생각했어. 15년 동안 제대로 뛰지 않은 너는 마차 위의 풍경이 조금 지루해져버렸어. 네 일상의 날들이 좀 더 촉촉해지고, 바람이 통하고, 생기 있게 되기를 바랐어.

하지만, 내려 보려니까 무서워. 단지 이 길이 맞는지 확인해보자는 건데도 그래. 전혀 낯선 길로 가야하면 어쩌지? 슬퍼지면 어쩌지? 마부가 거보라며 비웃으면 어쩌지? 네가 너를 책임질 수가 없으면 어�지? 세상의 살림살이는 날이 갈수록 힘들어지고 있는데, 네게 다음 길이 없으면 어쩌지? 그럼 너는 무엇

으로 너 자신과 소중한 것들을 살릴 수 있을까.

너는 꼬박 여섯 해를 고민했어. 근데 나는 그보다 오래 너를 겪어왔지. 그래서 알아. 네가 충분히 마음이 차오르고 생각이 정리되면 두려워도 망설임 없이 결정을 내릴 수 있는 존재라는 걸. 그렇게 내린 큰 결정을 너는 결코 후회하지 않는다는 걸. 그러니 앞으로 네가 내릴 결정은 결과에 상관없이 너의 기쁨이 될 거야. 너를 키우고, 너를 더 사는 것처럼 살아가게 하는 지지대가 될 거야. 서두르지 말자. 지금 충분히 시간을 써서 고민하자. 그리고 나서 선택하자. 우리는 지금까지도 그렇게 잘 해 왔으니까.

숭숭: 임하! 이 글은 임하가 임하에게 하는 말인가요? 어떤 임하가, 어떤 임하에게 하는 말인지 문득 이름 앞에 형용사를 붙이면 좋겠다 싶어요. 그리고 읽어만 보아도 아주 지혜로운 존재가 이 글을 썼다는 게 느껴져요.

어떤 사람은 장인으로 살고, 어떤 사람은 제너럴리스트, 연결자, 자유인, 여행자로 살기도 하죠. 이 모습, 저 모습을 오가기도 하고요. 저도 장인 스타일은 아닌데, 그래서 임하의 마음을 조금은 알 것 같기도요.

근데 내 길이고, 내 삶이니 내가 선택하고 경험하며 알아갈 수밖에요. 후후. 잘 읽었습니다!

Q3. 오늘 밤은 내 남은 여행의 전야, 내일을 살아갈 나에게 선하고 지혜로운 축복의 말을 해주세요.

모든 것을 스스로 책임지지 않아도, 모든 일을 끝까지 다 해내지 않아도, 너는 여행을 결심할 만큼 충분히 용기 있고 지혜로운 사람이란다.

언제든지 돌아오렴. 다시 들르렴. 몇 번이고 너를 위해 음식을 만들고 푹신한 침대를 준비해놓을게. 나는 그런 식으로 언제나 너와 함께 있단다.

숭숭: 아, 좋다. 혼자 사무실에서 속닥속닥 임하의 글을 소리 내어 읽어봤어요. 좋네요. 임하도 꼭 스스로에게 이 다정한 약속을 들려주기를요.

'나는 언제나 너와 함께 있단다.'

Q4. 나에게 상처 준 한 사람을 떠올려, 그 사람의 입장에서 사과하는 편지를 써주세요.

네가 해온 일을 끊임없이 평가하고 얼마나 쓸모가 있고 없는지를 판단하는 말을 뱉을 때, 나는 그게 너를 단련시키는 일이라고 생각했어. 상사란 모름지기 성장에 도움이 되는 피드백을 해 주어야 하는 사람이니까. 하지만 종종 나도 잘 모르겠어. 내가 아는 방법이 그것뿐인 것 아닌가 싶기도 하고.

좋은 어른이 되고 싶다고 늘 생각하지만 그런 나를 무참히 배반하고 실수해버리는 것도 나야. 동료인 너에게 선배답게 어른답게 굴어야 한다는 부담감을 내려놓을 수 있다면 어쩌면 우리는 서로를 더 편하게 대할 수 있지 않을까.

노력을 쉬지 않았는데도 여전히 잘 모르는 게 많아 미안해. 너에게는 나의 판단이나 소감이 필요하지 않아. 너는 너인 것 자체로 완전한 존재이니까. 그러니 내게 매이지 말고 네가 옳다고 생각하는 대로 씩씩하게 살아가길 바래. 나는 그걸 힘껏 지지해줄 수 있는 너의 좋은 어른으로 내가 자라가기를, 언제나 원하고 소망하고 있어.

승슝: 이 글이 임하의 상사가 임하에게 하는 말일까요? 아니면 임하가 누군가에게 하는 말일까요? 오묘한 글이네요. 우리는 늘 이전 세대의 후배로, 이후 세대의 선배로 살고 있는 중간에 있는 존재잖아요.

음, 어떻게 읽어도 맞는 것 같아요. 우리 모두는, 각자는, 자신의 모습 그대로 온전하고, 스스로 선택하고 책임지는 존재이니까요. 존재 대 존재로 타인의 선택을 존중하는 것, 그리고 나의 선택을 하는 것. 모든 관계의 진실은 그것뿐 일 텐데. 어려운 일이지만 꾸준히 나아갈 가치 있는 일인 것 같아요. 잘 읽었습니다.

Q5. 내 마음에 품고 살고 있는 한 문장에 대한 글을 써주세요.

"동생 걱정은 하지마, 괜찮을 거야."

10년 가까이 된 일인 것 같다. 이유는 기억나지 않지만 나는 동생을 걱정하고 있었다. 마음이 힘든 동생을 데리고 아는 이들이 주최하는 행사에 참여했었다. 나와 동생은 다른 조에 배정되었다. 자신의 문제에 골몰해있는 동생에게 환기가 되었으면 했지만 행여 아무것도 가 닿지 않으면 그땐 어쩌나, 온종일 좌불안석이었던 것 같다. 그때 실없는 장난을 치던 선배가 불쑥 내게 저 말을 던졌다. 표야 났겠지만 내가 아무 내색 하지 않았는데도 그랬다.

동생은 괜찮을 테니 너는 안심하고 네 시간을 보내라고. 우리도 같이 이 문제를 감당하겠다고.

그 말에 왈칵 울음이 터졌다. 그 말은, 버거운 상황에 나를 혼자 두지 않는 말이었다. 내가 혼자 끌어안고 있는 무거움과 두려움을 나눠 가져주는 말이었다. 시간이 지나도, 떠올릴 때마다 그 말이 고맙고 기뻐서, 결혼식 때 못 왔어도 용서해줬다.

숭숭: 결혼식 불참을 용서할 만큼 오래 마음에 남아 힘이 되었던 말이었나봐요. 이 문제를, 이 상황을, 그를 우리가 함께 감당하겠노라고 말하는 이들과 함께 하는 순간은 얼마나 고맙고 든든할까요? 잠시라도 따듯하고 편안했을 것 같아요.

우리가 산다는 건 삶의 이런 저런 고난들을 함께 맞이할 동지들을 만들어 간다는 것 아닐까 생각해봅니다. 잘 읽었습니다~!

Q6. 살아오며 만난 좋은 인연에 대한 이야기를 써주세요. 그 만남에서 당신이 배운 것은 무엇인가요?

대학을 다닐 때, 동아리 활동을 학부 활동보다 더 열심히 했다. 처음에는 리드에 따라 마냥 즐기기만 하면 되었던 활동이었는데, 구성원들 중에서 나이가 많아지고 학년이 높아짐에 따라 나 역시 역할과 책임을 나눠 맡게 되었다. 그때부터였다. 좋아하는 마음에 싫은 마음도 끼어들기 시작한 건.

싫은 일은 안 해도 된다는 생각을 거의 하지 못했던 나는, 스스로의 한계치를 잘 몰랐던(여전히 잘 모르는) 나는, 오는 의무를 모조리 수행하며 즐기지 못하는 상태로 돌변했다. 몇 번이고 그곳을 떠나야겠다고 생각했지만 여전히 좋아하지만 싫어하고, 싫어하지만

사랑하는 상태로 결국 끝까지 떠나지 못한 채 지내다가 졸업을 맞았다.

그때로부터 시간이 많이 흘렀다. 사람들과는 여전히 서로를 응원하는 좋은 친구로 지내고 있다. 비로소 떠나지 못하고 머무를 수밖에 없었던 그때의 내 상황을 이해하게 된다. 사랑했던 것은 사람이고, 싫어서 피하려했던 것은 갈등이었다. 그곳에 있기 위해 마음을 평평하게 만들려고 애를 쓰는 대신 내게 맞지 않는 요소들을 해결해보려고 했으면 어땠을까. 좀 더 나의 나다움을 주장해보았으면 어땠을까. 하기 싫은 것은 하기 싫다고 했어도 좋지 않았을까. 갈등도 겪고 지난한 조정도 겪겠지만, 그랬다면 마음도 좀 더 빨리 괜찮아지지 않았을까.

라고 생각하지만 역시 그때의 나를 이해하는 것 또한 나다. 그때의 나에겐 그것이

최선이었다는 것을 적어도 나만은 안
다. 그리고 지금 나는 비슷한 상황을 다시 만
난 것 같다. 정든 직장, 정든 관계를 사랑하지
만 미워하고, 미워하지만 여전히 사랑하면서
내 주중을 채우는 환경을 어떻게 바꾸어야 좋
을지 매일 기복을 겪으며 고민하고 있다. 떠
나자니 두렵고 머무르자니 괴롭다. 지금의 나
는 그때와 다를 수 있을까? 떠나는 것 외의
새로운 답을 찾아 볼 수 있을까? 갈등을 감수
할 수 있을까?

　자신은 없지만 응원은 해 본다. 너의 너다
움을 거부하지 않고 자연스레 드러내는 오늘
이기를. 진심으로 응원을 보낸다.

슝슝: 임하, 정말 상황은 하나도 똑같지 않지만, 그 마음 알 것만 같은 마음으로 읽었어요. 사람 사이에서 마음을 주고받는 그 따듯하고 즐거운 느낌과 여러 책임과 역할과 다양한 성격, 입장 차이로 인한 갈등이 혼재하는 그 관계의 애증. 그 안에서 나를 열고 나를 지키고 다른 이와 상호작용하는 건 정말 쉽지 않은 일 같아요.

그 어려운 걸 지금 임하가 해내고 있어요. 이미 지금의 최선을 다하고 있답니다. 응원의 마음을 보태요.

Q7. 사람 사이에 힘의 세고 약함, 그 차이와 관련된 여러 가지 일이 일어납니다. 당신은 어땠나요?

어떤 시절에, 나는 아이들을 무뚝뚝하게 대했다. 그때의 내게 아이들이란 어딘가 음험한 요물 같은(?) 방심할 수 없는 존재. 아마 나의 유년시절 환경이 권모술수가 판치는 피로한 정글이었기에, 아이들이 표현하는 날 것의 감정을 대하기가 어쩐지 어려웠고, 나 스스로도 아이의 기분을 벗어나지 못했다. 그래서 눈이 마주쳐도 한 번을 웃어주지 않았다.

그런 내가 지금은 꼬마를 키운다. 꼬마를 낳고 제일 처음 느낀 것은 아기라는 존재의 철저한 무력함. 아기는 그냥 내버려 두면, 도움의 손길이 없으면, 보호받지 않으면, 지켜지지 않으면 살아남을 수 없는 정말로 약한

존재였다. 부모인 나는 아직 유아기의 어린 아이에겐 절대적인 힘을 가진 사람이다. 그리고 이 없다 갑자기 생긴 힘을 쓸 곳은 분명 꼬마와 함께 살아가는 삶이었다.

꼬마는 내가 어떤 순간엔 최선을 다해 어른이어야 할 필요가 있음을 알려주었고, 동시에 내가 여전히 어른이 된 꼬마라는 것을 느끼게 했다. 어떤 부분은 여전히 아기처럼 약한 내가 이따금씩 남을 위하는 어른스러운 행동을 한다. 이젠 어쩐지 마주하는 사람들의 꼬마 시절 얼굴이 보이는 것만 같아서 나는 좀 더 나를 비롯한 다른 사람에게 다정할 수 있게 되었다. 눈이 마주치는 아이들을 소중하게 대해줄 수 있게 되었다.

내가 가진 힘을 나만을 지키는 데 쓰는 대신 '우리'를 보살피는 데 쓸 수 있게 만드는 건 별 수 없이, 사랑하는 마음이다. 사랑에서는 더 많이 사랑하는 사람이 약자라지. 이제

드디어 강자가 되었나 싶기가 무섭게 약자가
결코 약하지 않은 이 무서운 사랑의 굴레라
니. 심신이 영 피곤하긴 하지만 나는 여전히
퍽 즐겁고 반갑다.

슝슝: '우리 모두는 여전히 어른이 된 꼬마'라는 말 너무 동의합니다. 내 안에 꼬마가 살고 있어요 라는 의미로, 내 안에 순수성과 호기심, 두려움과 설렘이 있다는 의미로요.

　사랑하는 마음으로 기꺼이 약자가 되는 선택을 하는 것이 가장 아름다운 일이 아닐지 생각해 봅니다. 사랑하는 약자가 가장 강합니다. 저는 그렇게 믿어요.

Q8. 처음엔 싫었지만, 지금은 사랑하게 된 것들에 대해 써주세요.

 '삶은 대부분 참고 기다리고, 원치 않는 걸 감당하고, 반복하다 기어이 내 것으로 안 아버린 것들로 이루어져 있다'는 말이 와 닿는다. 하고 싶은 걸 한 개 하기 위해서는 하기 싫은 걸 아홉 개나 해야 한다는 말을 얼마 전에 어디선가 본 것 같다. 나 역시 하고 싶은 한 가지를 하기 위해 따라 붙는 여러 가지를 감당하는 삶을 오래 살아왔다. 하지만 삶이 그런 것이라는 것을 인정하고 싶지 않았던 것 같다. 방법만 찾는다면 하기 싫은 것은 하지 않고 하고 싶은 한 가지만 쾌적하게 할 수도 있을 것이라고. 하지만 하기 싫은 것을 하지 않으면 하고 싶은 일도 진행되지 않았다. 결국 미완의 소망을 가진 채 버티고, 버티고, 버티다 마지못해 받아들인다. 삶이라는 걸 마

음에 드는 부분만 살 수는 없구나. 무언가를 받아들인다는 것은 결국 그것의 다면성이 내게 영향을 끼치도록 둔다는 뜻이다.

'삶은 대부분 참고 기다리고, 원치 않는 걸 감당하고, 반복하다 기어이 내 것으로 안아버리는 것들로 이루어진다.'

사자의 곁에서 느긋하게 시간을 보내며 기다려야 겠다. 나는 사자가 삼킨 내 진주를 여전히 좋아하고, 버티며 머무르는 게 어렵지도 않으니까. 나를 이끌어 온 내면의 힘이란 게 있다고 한다면 역시 좋아하는 것을 좋아하고, 싫어하는(하지만 필수적인) 것을 우직하게 견디는 힘이다. 내 삶이, 내겐 사자다.

슝슝: 아니, 임하, 멋있음을 전공하셨나요? 악동뮤지션의 노래 '매력있어'가 생각나는 글이네요. 후후.

임하에게 가 닿은 삶에 대한 문장은 제가 쓴 말이지만, 지금은 조금은 다르게 생각하고 있어요. 하고 싶은 것을 소박하게 하자. 하기 싫은 것을 최소한으로 줄이자. 라고요. 흐흐. 혼자만 샛길로 가겠다는 말처럼 얍삽하게 느껴지지만, 그렇게도 살아보려고요.

이렇게도 좋고, 저렇게도 좋은 게 삶이면 좋겠어요. 열린 마음으로 매일 매일의 오늘을 자유롭게 누리고 싶어요. 임하도 임하의 삶을 편안하게 끌어안고 느긋하게 흘러가길 바라요.

Q9. 내가 기꺼이 감당하고 있는 역할들이 모두 사라진다면 나는 무엇을 하고 있을까요?

역할과 책임이 없다면,

나는 아주 느린 시간을 살고 있을 것 같다.

무엇 하나 미리 생각하지 않고,

대비하지 않는 시간.

그럼에도 평온하고 안전한 시간.

슝슝: 저도, 저도요. 무엇 하나 미리 생각 않고 대비 않아도, 평온하고 안전한 시간. 캬아아(이상하게 자꾸 맥주 한 잔 마신 느낌이네요)! 좋다. 디테일은 또 다르겠지만 같은 마음인 임하를 만나서 반갑습니다!

Q10. 당신은 지금 어떤 과정 중인가요? 혹은 어떤 과정의 결과를 맞이하는 중인가요? 원하는 결실을 위해 힘들지만 꾸준히 뿌리고 일구고 있는 것이 있다면 써주세요.

저는 어릴 적부터 글을 좋아했습니다. 책을 읽고 이야기를 혼자 만드는 건 저한텐 아주 어렸을 적부터 이미 기호의 수준을 넘어섰어요. 자연스럽고 당연한 일상이었습니다. 아무 역할이나 책임이 없는 공백의 시간에도, 수많은 역할과 책임에 정신없이 허덕이고 있을 때에도. 이야기와 상호작용을 하는 건 늘 환경에 영향을 받지 않는 저의 일부였습니다. 시간이 흘러, 이야기를 만드는 일을 하게 되었어요. 제겐 공기처럼 함께 지냈던 활동이라 그게 직업이 될 수도 있다는 걸 알았을 때, 그동안 내가 소중히 여기던 이 개인적인 행위가 나를 먹이고 입힐 수도 있을까, 그러면 나는

오직 그것만 하며 살아도 되는 행복한 삶을 살 수도 있게 되는 건가 흥분했던 기억이 납니다.

하지만 지금의 저는 오랫동안 슬럼프를 겪고 있어요. 작업에 진입할 수 없는 채로 벌써 여러 해가 지났습니다. 일이라는 것에는 이야기를 만들고 문장을 쓰는 주요한 행동 외에도 많은 요소들이 더 있었어요. 이야기를 만질 수 없는 상태의 시간이 오래 지속되었고, 저는 그 외의 모든 부가적인 작업을 하며 그 시간을 지나왔습니다. 그래선지 저는 일을 하면서도 내가 하는 작업을 이야기를 만드는 일이라고 받아들이지 않았던 것 같아요. 내가 사랑하던 그 일은 어디 다른 곳에 있다고. 지금 내가 하는 일은 진짜가 아닌 가짜이고, 나는 오랫동안 꼼짝도 하지 않은 것이라는 생각에 슬펐습니다. 그런 내게 선배는 말했습니다. 지금 네가 글을 쓰고 있다는 걸 믿어야 한다고. 정말 그럴까, 라는 의심과 정말 그 말대

로 지난 시간이 내 안에 잘 쌓여있으면 좋겠다는 소망이 함께 듭니다. 하지만 설령 그 말이 맞다 하더라도, 내가 오래 견뎌온 답답한 상태에는 이유가 있을 것 같습니다. 그것에 대한 이야기를 스스로와 나눠보기 위해 저는 곧 휴직을 합니다. 제 얘기를 들은 주변에서 여러 의견과 조언들이 분분하지만, 그 말들 앞에서 내가 귀를 막고 고집을 부리고 있는 건가 싶기도 하지만, 그래도 몇 해 동안 같은 고민을 하느라 수고한 나에게 한 번은 잘못하고, 고지식하고, 무쓸모할 기회를 주려고 합니다.

나의 사소하고 개인적이던 것이 일을 통해 타인과, 세계와 연결됩니다. 그건 어쩌면 나뿐이었던 세계가 외부로 크게 확장되는 것일 수도 있을 것 같습니다. 그런 연결을 가슴 뛰며 바라면서도, 격렬하게 피하고 싶어 하는 내가 동시에 있습니다. 이런 길고 어두운 과도기를 내내 지나고 있지만 그럼에도 부인

할 수 없는 건 내가 이 일을 사랑하지 않은 적이 없다는 사실입니다. 직업이든 취미이든 어떤 형태이든 앞으로의 삶도 쭉 함께 할 거라는 것도요. 그래서 잠시 얻어질 시간에 우리가 다시 즐거운 대화를 할 수 있었으면 좋겠습니다. 같이 행복하게 살아질 방법을 찾았으면 합니다. 일과도, 그리고 스스로와도요.

슝슝: 임하의 오랜 주제를 이야기해주어 고마워요. 글을 읽고 쓰는 삶, 저도 살고 싶었는데요. 아이러니하게 국문과를 들어가고 너무 쉽게 포기했네요. 그리고 이삼십 대 내내 이상한 미련으로 끄적끄적 어설프게 쓰며, 책을 모으며 취미의 영역에서만 읽고 쓰다가 몇 해 전에 한 독립출판을 계기로 여전히 즐거움의 영역에서지만 더 많이 읽고 쓰며 살고 있어요. 잘 하지 않아도 마음껏 계속해도 되는 거였구나를 깨달았어요.

그것조차 2년 정도 하니 식어서 또 안 쓰고 있는 나를 책망하다가, 1년 전부터는 아, 나는 '응답하는 글'을 쓰고 있구나 깨달음 혹은 합리화를 했답니다. 네, 이 리추얼 댓글 쓰기와 밑미 고민상담소 쓰기예요. 그 사이 이러 저리 쓴 글들이 또 쌓여, 다음 독립출판을 할 만큼은 되었는데, 귀찮다고 책으로 묶지는 못하고 있네요.

임하의 깊은 이야기에 저의 찰랑이는 이야기를 덧대는 건 임하의 이야기는 임하가 잘 엮어나가고 있구나 싶어서예요. 제가 말 보탤 것 없이요. 휴직도 오래 붙들고 고민한 끝에 한 선택이니

분명 가장 현명하고도 잘한 결정이겠지요. 이렇게 요약본 말고 상세한 글로 임하의 이야기를 읽고 싶기도요. 언젠가 기회가 있겠지요? 평안하셔요~^^

Q11. 우리의 마음엔 그때 다른 선택을 했더라면 어땠을까 하는 순간들이 있잖아요. 평행우주의 다른 선택을 한 나는 어떻게 살고 있을까요? 그 다른 내가 되어 나에게 편지를 써주세요.

서성이는 나에게

안녕하세요? 저는 돌진하는 나입니다.

당신이 서성이던 갈림길 마다 저는 망설임 없이 정면돌파를 선택했습니다. 저는 유년 시절부터 일치감치 학교 밖에서 배우고 싶은 대로 배웠고, 돈이야 있을 때보다 없을 때가 더 많지만 마음만은 충만한 모험기를 양껏 가졌습니다. 사실 생활비를 충당해야 할 땐 노

동하느라 자유롭지 못할 때도 있었습니다만, 그래도 인-아웃은 늘 제게 선택권이 있었던 것 같습니다.

가족 없이 혼자 살고 있습니다. 동물과 함께 살아가고 싶지만 어디론가 훌쩍 떠나고 싶을 때 외롭게 만들 것이 걱정되어 그러지 못했습니다. 궁금해지면 뛰어들었고, 거쳐 간 사람도 직업도 많습니다. 많이 희열했고, 많이 다쳤고, 많이 배웠습니다. 불안과 고독과 공허는 어느새 익숙해져서 필요할 때 무심히 곁을 내어줄 친구가 되었습니다. 물론 헤어질 수 없는 사이라는 걸 인정할 때까지 꽤나 시간이 걸렸습니다.

어떤 새롭고 재밌는 것, 무언가 가슴을 뛰게 하는 것들을 끝없이 쫓고 있지만 가끔 지칠 땐 어쩐지 어떤 영구하고 영원한 것을 꿈꾸고 싶기도 합니다. 인간은 어쩌면 이리도 자유와 안정을 동시에 필요로 하는 걸까요.

그래서 나는 나의 삶의 방식에 맞는 안정감을 어떻게 가질 수 있을까 생각하고 실험하고 분투합니다. 나는 이렇게 살아왔고 살아갑니다. 당신은 나보다 안전한 환경을 선택했고, 그 환경 속에서 나와 같은 열망을 가진 채 나름의 고군분투를 해왔겠지요. 선택이야 다르지만 우리는 같은 본질을 가진 우리니까요. 어떤가요? 당신의 삶과 나의 삶은, 지금 많이 다른가요?

아무리 후회하지 않기로 결정한 채 앞만 보며 돌진해도 선택에 대한 책임은 지며 살게 되는 것이 인생입니다. 결국 어떤 삶도 저마다의 무게가 있다는 생각이 듭니다. 내가 잘 살기를 바라는 나는 나의 선택에 수반한 결과를 짊어진 채 씩씩하게 살아가려 노력합니다. 아마 당신도 마찬가지일 거라고 생각합니다. 우리의 삶은 모양은 달라도 똑같이 기쁘고, 슬프고, 잘 모르겠고, 속상하고, 피곤하고, 뿌듯합니다. 당신과 나는 다른 색깔을 선택했지

만 삶 안에서 우리는 끝없이 다양한 색들을 얻어갑니다. 그렇기에 종국에는 나도 당신도 다채로운 색의 향연을 누리게 될 것을 믿습니다.

돌진하는 내가

슝슝: 서성이는 나에게 돌진하는 내가 쓴 편지라
니, 시작부터 소리 없이 웃었습니다. 대담하고 단
단한 말투로 거침없이 자기 이야기를 펼쳐내는
목소리가 너무 멋졌어요. 이세계의 내가 '돌진하
는 나'로 등장한 것이지만 너무나 분명한 인격 같
아요. 놀라운 일입니다. 임하 안에 돌진하는 임하
가 있어요!

자, 이제 서성이는 내가 답장을 쓸 차례예요.
편지를 받았으니까요. 서성이는 나의 이야기도
기대됩니다. 그가 서성이다 만난 여러 인연들에
대해서요. ^^

Q12. 신이, 자연이, 삶이 나에게 들려주고 싶은 이야기를 써주세요.

이전보다 나이 들고 작아졌다 여겨질지 몰라도 자연의 눈에 너는 그저 만물이 지나는 단계를 똑같이 밟아가는 그들의 일원일 뿐이다.

자연은 무리하지 않는다. 재촉하지 않는다. 결과로 점수 매기지 않는다. 모든 과정 자체가 자연이다. 필요로 하는 양분을 누리고 끝까지 자연스레 자랄 뿐이다.

선택이란 맞추면 모든 것을 뒤엎을 당첨 번호를 찍는 것이 아니라 네가 행복하게 기거할 작은 집을 짓는 일이다. 영향을 끼칠 수 있는 것도, 네 영역이 아닌 것도 있다. 모든 게 될 수 있다 배운 너에게는 선명한 한계가 있

다. 한계를 허락하고 스스로를 돌볼 때, 우리는 서로에게 다정할 수 있다.

우리가 할 수 있는 것이라고는 할 수 있는 것을 할 수 있는 만큼 하는 것. 보답 받든 받지 않든 사랑하는 것을 실컷 사랑하는 것이다. 완전해질 일이 없어서 완전하다. 삶은 그냥 그 상태로 완전하게 살아가는 것이다.

승승: '옴(Aum)', 이 한 마디의 만트라로 온전한 임하의 시에 완벽한 찬사를 보내고 싶어요. 진리는 단순하지요. 좋은 삶은 복잡하지 않대요. 임하가 한 마음으로 사랑하며 살기를 축복합니다. 저도 그럴 수 있으면 좋겠고요. 그리고 그에 미치지 못할지라도 괜찮다 괜찮다 하며 살아야지요. 고맙습니다. 잘 읽었어요~^^

Q13. 당신이 경험한 죽음에 대해서, 그 죽음이 살아있는 당신에게 남긴 것에 대해서 써주세요.

죽음이라는 이름의 카드가 변화를 뜻하다니 묘한 짝지음이다. 뱃속에 아이를 가지고 있을 무렵 사랑하는 친구가 죽었다. 농구를 하다가 심장이 멈췄다. 그의 아내는 새벽에 나간 남편의 부고를 아침에 들었다. 문자를 받고도 믿지 못한 채 빈소라 적힌 델 찾아갔다. 영정사진 속 그의 모습도 믿기지가 않았지만 그의 죽음을 나보다 더 받아들이기 힘든 아내의 기막힌 울음이 그 날을 생각하면 가장 먼저 떠오른다. 하도 갑작스럽고 도무지 믿기지가 않아서 살다가 떠오르면 함께 그의 친구였던 남편과 욕을 한다. 사람이 어떻게 그렇게 가나? 에라이, 바보 같은 놈. 에라이, 어이없는 놈 하고.

그 때로부터 5년, 나는 매해 성묘를 가고 여전히 어이가 없다. 그는 생각나면 보고 싶고, 지금도 내게 살아있던 때와 같은 말을 한다. 네가 소중하니 네가 원하는 대로 행복하게 살라는. 평탄한 길로만 걸어도 힘든 삶, 너무 무거운 짐을 지지 말라는. 그의 죽음이 나에게 무언가를 남긴다는 것이 싫지만 망설이는 어떤 순간들에 그는 불현듯 튀어나와 끝이라는 순간에 대한 경각심을 불러일으키고, 오롯이 내 것인 삶으로 등을 떠민다.

그가 내게 당부했던 대로 나는 살고 있을까. 그렇게 자유롭지 않을 때가 더 많은 것 같지만 그래도 살아가는 동안 가능한 만큼은 그의 격려에 부응하고 싶다. 여전히 남아 살아가는 그의 가족들을 돌보는 사람이 되고 싶다. 그가 소중히 여겨주었던 나를 소중히 여겨주고 싶다. 그가 꿈꾸었던 삶을 잊지 않고 싶다. 그러고 싶다.

슝슝: 임하, 친구의 죽음에 대해 이야기해줘서 고마워요. 친구는 어이없게도 헛웃음이 나오게도 고맙게도 마지막까지 사랑하는 친구들에게 소중한 배움을 전하고 떠났네요. 삶이 참 부질없기도 하고, 유한해서 눈물 나기도 하고, 아름답기도 한 것 같아요..

뭐가 맞다 틀리다 이래야 한다 저래야 한다 말 보탤 수 있을까요? 그저 내게 주어진 생을, 사람들을 소중히 감사히 여길 수밖에요. 고인의 명복을, 임하의 행복을 바랍니다.

Q14. 당신은 자신의 한정된 시간과 마음을 균형 있게 나눠 담으며 살고 있나요?

　　해야 하는 일에 몰두하는 삶을 살다가 돌연 재밌는 일을 하자! 라고 해도 생각이 나질 않는다. 생각이 나도 쉽게 몸이 움직이지 않는다. 진짜 재밌는 일이 맞긴 한 걸까 싶기도 하고. 시간만 나면 실컷 할 거야! 라고 생각했던 일들이 시간이 나도 안 할 수도 있겠구나, 생각대로 안 될 수도 있겠구나 생각이 든다.

　　내가 나를 제대로 알고 있긴 한 걸까 의심하게 되는 시간인데 번아웃으로 휴직까지 신청해놓은 마당에, 쉬고 충전하는 시간마저 나를 몰아붙이지 말고 자연스러운 호기심이 다시 싹 틔우기를 느긋하게 기다릴 수 있으면 좋겠다.

애쓰지 않는 것도 애를 써야 하다니 이래 저래 품도 많이 드는 귀찮은 삶이다.

슝슝: 하하하. 맞아요. 애쓰지 않는 것도 애써야 한다는 것에 완전 공감입니다. 열심히 참고 일하는 삶의 결과는 열심히 참고 일하는 삶에 익숙해지는 거라고 하더라고요. 그래서 지금 참고 견디면 나중에도 참고 견딘다라는 웃픈 말도 있지요.

휴직하고 딴 건 말아도, 그저 훌쩍 지금껏 살던 곳을 떠나시길요. 직장만큼이나 나의 일상과 습관이 배어 있는 생활공간에서는 새로움이 깃들 틈도 없더라고요. 저도 지금 멍한 하루를 보내고 있는데, 입 속의 달달한 청포도 캔디의 촉감을 느껴봅니다.

임하의 자연스러운 호기심, 평화, 즐거움을 응원해요~^^

Q15. 감정이 들끓을 때가 있죠. 참았던 이야기를 마음껏 써보세요. 환영합니다.

지겹도록 남의 기분을 의식한다. 그래서 함부로 말을 뱉을 수가 없다. 생각하는 것도 죄책감이 드는 마당에 말로 할 수 있을 리가. 가끔 가까운 사람들이 미운데, 마찬가지로 안쓰러운 바람에 그냥 주저앉는 내가 있다. 미워하기만 하지도 못하고, 상황을 바꾸지도 못하는 내가 답답하고 한심하고 머저리 같다.

이른 퇴근, 집에 갈 수 있는데도 목이 말라 라떼를 마시고 싶어서 굳이 굳이 카페에 왔다. '병 납니다. 글로 쓰세요. 쏟아내고 나만 보면 그뿐입니다.' 시원한 커피를 마시니까 살 것 같다. 어떻게 하면 말도 기분도 시원하게 쏟아낼 수 있을까. 내가 그렇게 못하는 애라서 그런가, 제 기분대로 구는 듯 보이는

심통 내고, 토라지고 하는 가족을 보면 마음
이 뾰족해진다. 당신은 세상 참 편하게 사는
구나 하고.

　　사실 감정을 표현하고 숨기지 않는 게 잘
못된 건 아니다. 단지 그걸 내가 못해서 싫
은 건지도. 근데 아, 어쨌든 싫어하면서 또 이
해하려 든다. 그냥 나는 이제 나도 잘 돌
봐주고 싶다(음, 그리고 사실 나도 너처럼
그렇게 좀 덜 숨기면서 살고 싶은 건지도 몰
라). 학교를 16년이나 다녔는데 나를 돌보는
방법 하나를 모른다. 역시 배움은 학교에서만
하는 게 아녀.

슝슝: 에고, 임하의 조용한 한숨과 넋두리. 제 마음까지 잘 도착했습니다. 토닥토닥. 지금의 임하도 괜찮아요. 선하고 배려하는 귀한 마음이에요. 임하는 안아주고 품어주는 시인의 마음을 가져서 그래요. 꼭 말하고 싶네요. 정말이니까요.

세상이 좀 편안하고, 양심적이고(?), 넉넉해서 저마다가 가진 다양한 태도들이 그대로 행복했으면 좋겠는데, 현실은 목소리 큰 사람이 이기고, 파렴치할수록 속이 편한 경우가 많더라고요.

저도 부글부글 속 썩을 때가 많지만, 임하처럼 귀한 마음을 가진 이들을 존중하는 태도를 가지자고 다짐하며 살려고요. 임하의 마음, 잘 읽었습니다~^^

Q16. 예고없이 닥쳐와 받아들인, 결국 감당하며 살아갈 수 밖에 없는 내 삶의 천재지변에 대해 써주세요.

나는 오랫동안 돌보는 사람이었어요. 위로하고, 문제를 해결하고, 다시 웃게 하려 최선을 다했어요. 하지만 최근, 나의 그런 행동들이 도리어 내가 돌보던 이들을 더 약하게 만든 게 아니었을까 생각했어요. 그들을 신경쓰고 나를 돌보지 않아 지친 까닭에 정작 나는 그들의 모든 돌봄으로부터 도망쳐 혼자가 되고 싶어 했어요. 나는 이제껏 내가 선의로 행하던 것이 오류였을지 모른단 걸 알게 되어 무너졌지만 덕분에 나도 돌보아야 한다는, 그리고 스스로를 돌보면 힘도 나고 기분이 좋다는 것도 이제야 느끼고 알게 되었어요. 이것이 최근 나라는 세계에 일어난 천재지변입니다.

나의 모든 노력과 역동들이 무용했던 건 아니겠지만 그래도 너무 애쓰기 전에 좀 더 빨리 알았으면 좋았겠다는 생각, 서른다섯에 겨우 알게 된 건 좀 억울해요. 여전히 돌보던 습관이 남아 상대방의 감정적 요동이 보이면 자동적으로 몸이 움직이고 대신 문제를 해결해버리고 싶은 불안과 충동을 꾹 참는 게 쉽지 않지만 그래도 연습해갈 거예요. 나와 타인을 더 크고 깊게 사랑하는 법을 내가 배워가고 있다고 생각할래요.

승승: 임하는 돌보는 사람이군요. 전통적으로 돌봄 노동이 폄하되고 여성만 독박으로 하는 세상이라, 돌보는 사람은 고생은 제일 많이 하고, 인정은 또 못 받고, 성격 상 자기 탓으로 돌려서 힘든 삶을 사는 경우가 많은 것 같아요. 임하는 어떤가요?

하지만 현상이 진실은 아니잖아요. 우리는 태어나고 죽는 인생의 시작과 끝에 정말 많은 돌봄이 필요한 존재들이고요. 돌보는 사람, 돌보는 능력이야 말로 세상에서 가장 절실하고 귀하다고 저는 믿습니다. 임하의 돌봄 또한 절실하고 귀합니다.

이미 돌보는 건 잘하시니, 이제 그 대상만 자신에게로 돌리셔요. 나중에는 임하의 내면에서 넘치는 사랑이 다시 주위로 흘러 흘러 주위를 돌볼 수 있게 될 거예요. 아름다운 사람, 아름다운 삶이 다른 것일까요? 잘 읽었습니다~^^

Q17. 고된 삶 속에서도 스스로 나를 돌보는, 나를 힘 나게 하는 나만의 비결이 있다면 써 주세요.

하고 싶은 일을 하고 싶은 방식으로 작게라도 하는 것은 쭈그러든 자기주체성 회복에 도움이 되는 것 같다. 마음이 무겁고 머리가 복잡할 때는 운동을 싫어하는데도 달리고 싶은 마음이 든다. 휴직을 결정하기 전까지 한동안 새벽 6시 반, 워킹맘인 내가 확실하게 혼자일 수 있는 유일한 시간에 일어나서 5분에서 30분 정도를 달리고 들어왔다. 달리고 싶은 기분이 드는 시기에 달릴 수 있어서 좋았다. 휴직을 결정하고 나서는 마음이 조금 가벼워지는 바람에 다시 동력 상실. 다음 달엔 그냥 동네 수영을 끊었다.

하고 싶은 건 종종 '굳이', '낭비'라는 단

어와 잘 어울린다. 먹고 싶은 요리를 만들려고 굳이 계속 필요하지 않은 재료까지 공수해 만들어 먹고, 굳이 좋아하는 느낌과 장면을 찾아 컨텐츠를 이리저리 옮겨 다니고, 굳이 출근 전 카페를 들러 환기하며 자원을 낭비하며 바쁘게 돌아가는 일상에서 어떻게든 혼자의 틈을 만드는 것. 세상은 낭비라고 말하지만 내겐 확실히 효과가 있는 순간들이 있다.

이 첫 번째 행복한 낭비 파트가 나를 돌보는 비교적 즐거운 파트였다면, 어렵지만 꼭 중요한 파트는 결국 정직하게 나와 마주 앉아 대화를 나누는 일이다. 무엇을 겪고 있는지, 마음이 어떤지, 무엇을 바라는지, 다른 것에 쓰던 시간을 내게 쓰고 나의 마음을 알아주는 일이다. 이번 리추얼을 신청하게 된 것도 그게 너무 필요한데, 스스로 시간을 갖기가 어렵고 아까워서였다.

무언가를 매일매일 한다는 건 매일매일

만큼의 물리적 자원을 쓰는 것이구나. 막연히 무언가를 해봐야지 상상만 할 때는 구름 같이 폭신폭신 가벼운 느낌이었는데 실행하니 꽤 묵직하고 단단하다. 이 구체적인 하루 한 번의 시간을 내게 줄 수 있어 다행이다. 하고 싶은 마음을 느끼고 인지하며 나와 내가 조금씩 더 친해져가길. 조금씩 더 안전감을 느껴가길 소망한다.

슝슝: 오, 임하의 글에서 재밌는 문장이 떠올랐어요. '매일 한 시간씩 나와 노는 시간, 나와 대화하는 시간을 선물하자.' 어떤가요? 내 시간인데 나 말고 다른 이를 위해서만 잔뜩 쓰고 있다니, 그것이야말로 내 인생을 낭비(?)하는 것입니다! 라고 외쳐봅니다.

임하의 나와 노는 시간이 충분히 무르익으면 그것 자체로 진지한 행위가 될 것이고, 임하의 나와 대화하는 시간이 충분히 자연스러워지면 그것이야말로 가장 깊은 휴식과 통찰의 시간이 될 것이라 믿습니다! 저도 그 길을 조금씩 가고 있어요.

그리고 동네 수영, 완전 화이팅입니다! 앞사람 발가락과 뒷사람 손가락 사이에서 열심히 어푸어푸하시려나요? 저는 느긋한 자유수영이 좋던데. 잘 읽었습니다~^^

Q18. 누구도 두 번 사는 사람은 없어요. 그래서 우리의 모든 순간은 처음이에요. 처음이라 사는 게 서툴고 힘든 나의 이야기를 써주세요.

　3개월이라는 짧은 휴직 기간 동안 쉼도 탐색도 아무 것도 해내지 못할까봐 두렵다. 애초에 '해낸다'라는 자세를 벗어던질 수나 있을까. 기간을 다시 재협상해야 하는 지도 몰라. 아니면 애초에 계획했던 대로 사직으로 이어지는 건지도. 삼십 년을 넘게 살았지만 나와 삶은 여전히 모르는 것투성이고 6년을 고민했지만 아직도 이런 저런 생각들이 마구 맴돈다. 어떤 날로 이어질 수 있을지 아무 것도 장담하지 못하는 채로 적어도 이 망설임 하나는 실체를 확인하고 끝내버리자고, 그리고 그저 나의 필요가 명확하기에 출발선에 발을 놓을 뿐이다.

사랑받고, 인정받는 바다의 보물이었지만 가재는 자기 앞에 놓인 그 길을 가야만 하는 이유가 있었겠지. 혼자 떠난 먼 길에 예상치 못한 존재들의 은혜도 입을 것이다. 이를 지금의 나를 위한 축복으로 받는다. 나는 살고 싶다고 느끼며 살고 싶다. 그래서 멈춰 선다. 적어도 내가 느끼는 한, 정해진 경로에서 내려서는 것이 처음이라 그 시간을 어떻게 만나고 겪어야 할지도 알 수가 없지만 휴직까지는 앞으로 몇 개월의 시간이 더 남아있다. 그 동안은 나를 북돋우고 선택을 지지해주며 나를 달래고 일을 해내고, 할 수 있는 준비를 하려고 한다. 아마 그 시간 전부가 이미 휴식의 시작일 것이다. 그러다보면 지금은 상상할 수 없는 다음 오늘이, 그리고 그 다음 오늘이 조금씩 모습을 드러내겠지. 늘 처음이라 혼란하고 처음이라 흥미롭다. 연약한 나를 좀 어여뻐만 여긴다면 사실 처음은, 즐거운 것이다.

슝슝: 임하, 휴직을 앞두고, 생각이 자꾸 많아지고, 꼬리를 물고, 마음이 어지럽군요. 고향인 바다를 떠나 땅에서의 삶을 시작하는 타로카드 속 바닷가재 이름이 '임하'였나봐요. 흠, 한편으로는 진정한 나를 찾기라는 주제도 계속 매달리면 막연하게 불안한 감정만 가중시키고, 지금의 나는 진짜 나가 아닌가 하는 마음에 현재에서 마음이 붕 뜨는 역효과가 있는 것 같아요.

흠, 충분히 고민한 주제고, 휴직이라는 1차적 결정은 했다면, 그 이후의 이야기들은 휴직하고 생각하자고 정리해도 괜찮을 것 같기도요. 조심스럽게 말해봐요. 혼자 고민이 너무 오래고 깊으면, 고민 자체에 빠지기도 하잖아요.

흠, 흠, 저는 짧은 임하의 글들로만 임하에 대해서 아는 거지만, 충분히 고민하고 성실하게 살아온 사람의 깊이가 느껴져서, 임하라면 뭐든 잘 풀어갈 수 있을 거라는 믿음이 생겨요. 신기하게 정말 그렇네요. 화이팅을 보냅니다~^^

Q19. 지금의 내가 막 태어난 나 자신에게 보내는 편지를 써주세요. 어떤 이야기를 해주고 싶나요?

너는 스물 넷, 스물일곱의 청년들에게서 태어났지.

그들은 너를 보며 가정을 이루겠다는 자신들의 꿈이 이루어졌다고 느꼈고,

최선을 다하겠다고 몇 번이고 다짐했어.

*

*

*

아기 임하에게

안녕, 아가. 세상에 온 걸 환영해. 네

가 태어나서 네 엄마아빠는 너무 행복한가봐.
안전하고 따뜻한 보살핌을 받게 되겠구나. 최
대와 최선의 사랑을 받게 되겠구나.

　너는 자연의 흐름에 따라 무럭무럭 자라
갈 거야. 언제나 네 마음을 끄는 것들이 끊이
지 않고 너를 방문할 거야. 너는 음악을 아주
좋아해. 피아노를 아주 오래 배울 거고, 바이
올린은 아주 금세 포기할 텐데 그래도 조금만
더 배워봐. 피아노랑 바이올린은 네가 쭉 함
께 가는 좋은 친구들이 될 거야.

　혼자 있어도 좋고 함께 있어도 좋은 너지
만 억지로 해야 하는 것들이 늘어날수록 마음
이 무척 불편해질 거야. 하지만 너는 어떤 환
경에서도 나름대로 괜찮게 지낼 수 있어. 떠
올리면 즐거운 추억들을 많이 만들 수 있을
거야. 너만의 비밀 아지트를 많이 만들게 될
거야.

이 세상에서 네게 있을 가장 큰 축복은 네가 좋은 사람들을 만난다는 거야. 너는 다른 이들을 소중히 여기고, 그들에게 소중히 여겨질 거야. 친구라는 존재는 어른이 되어서도 새로 만나게 된단다. 무리해서 혼자 큰 사람이 되어야 할 필요는 전혀 없어. 세상 좋은 일들은 보통 다른 이들과 함께 만들어 가는 거니까. 현실이 무섭고 두려워 움츠러들 때도 많겠지만, 너는 생각보다 용감하고 발랄한 아이란 걸 기억해. 언제 어디서든 넌 은근히 괜찮을 거야. 은근슬쩍 즐거울 거야.

태어나 꼬물거리는 너를 물끄러미 들여다본다. 그래, 그저 지금 태어난 모습 그대로의 너로 이미 충분하구나. 너를 감싸는 환경에서 스스로 편안함을 찾고, 여러 가지 방법으로 네 감정을 솔직하게 표현하는, 이미 살아남아 세상에 나온 강한 너.

만나서 반가워.

슝슝: 임하의 글을 읽으며, 사무실이라 소리 내어 읽고 싶은 충동을 참았어요. 힝. 그리고 열아홉 번째 주제를 제가 제일 좋아하고, 또 이 주제로만 네 번의 글을 쓴 이유를 알 것 같기도요. 내 존재에 대한 환영은, 나로 세상을 살아갈 수 있게 하는 가장 처음의 응원이니까요.

임하가 쓴 태어난 임하에게 하는 다정한 글은 지금의 임하에게도 여전히 유효해요. 사랑하고 사랑받기. 누구보다 나 자신과 사랑을 할 수 있기를. 그 에너지로 사랑을 넓혀가기를 바랍니다. 임하도, 저도요. 잘 읽었습니다~~~^^

Q20. 나를 조건 없이 사랑하는 존재가 나에게 물어요. "오늘 하루 어땠어?" 이 질문에 답해주세요.

　　나의 오늘은 여러 가지가 같이 있었어. 아침엔 꼬마를 유치원에 데려다주느라 분주했고, 사무실에 들어가기 전 차 안에서 아기인 나에게 편지를 썼어. 힘이 되는 시간이었어. 일을 했어. 정처 없이 떠도는, 목적지를 모르는 일을. 조금은 따분하게, 많이 졸려하면서. 결국은 20분 정도 눈도 붙였어.

　　그리고 회사로 반가운 손님이 왔어. 갑작스러운 저녁식사 초대를 받았어. 꼬마와 같이. 나는 일하는 시간 내내 헤매느라 두통이 있는 바람에 제안을 거절하고 싶었지만 그래도 어쩐지 오랜 만에 만난 그 손님이 반갑고, 맛있다는 소리를 들었던 그 식당을 꼬마도 좋

아할까? 은근슬쩍 흥미가 돌기도 해서 결국 초대에 응했어.

하원버스에서 내리는 꼬마를 데리고 약속 장소에서 만났어. 꼬마는 평소의 꼬마답게 열심히 놀고, 먹고, 수줍어했고 나도 맛있는 음식 신선한 환기를 편안히 누렸어. 꼬마가 이모들과 아쉬운 작별을 할 때쯤, 이번엔 나의 엄마, 그러니까 꼬마의 외할머니로부터 초대가 왔어. 이야기꾼인 할머니 친구가 왔으니 꼬마와 놀러오라는. 평소라면 어려워했을 제안이야. 왜냐하면 저녁은 보통 가족과 보내는 시간이라 갑작스런 제안에 상의 없이 덥석 응하기가 어려웠거든. 하지만 오늘은 꼬마와 나 둘 뿐인 날이라 재밌겠다고도 생각했어. 재밌겠는데 취침시간이 좀 늦어지는 게 뭐가 대수겠어. 그렇게 꼬마랑 옛날 얘기 세 개를 듣고, 내 어머니들과 잠깐의 이야기를 나누고 집으로 돌아왔어. 엄마가 일 때문에 너무 피곤해 보여서 차로 태워다 주고 싶었는데 그녀가 자

전거를 타고 온 바람에 그러지 못했어. 맴찢.

집에 왔는데, 불을 켰는데, 오잉, 못 보던 중고 디지털 피아노가 있었어. 최근 다시 피아노를 꼭 살 거라고 결심하고 있었거든. 집에 없는 남편 녀석의 선물이었어. 우리 집에 피아노가 들어왔다는 게 너무 기쁘면서도 사실 난 업라이트 피아노를 살 계획이었는데 물어보고 사지 이놈이! 라는 생각도 반. 하지만 역시 내 공간에 피아노가 다시 생겼다는 게 기쁘고, 강백호를 닮은 그림과 함께 있는 편지가 웃기고 귀엽고, 생각보다 무거운데 대체 어떻게 들인 거야 수고에 놀라면서. 한참을 물끄러미 바라보고, 앉아도 보고, 건반을 뚱땅거렸어. 누군가랑 같이 사는 건 내 맘대로만 할 수는 없게 되는 거지만 또 혼자서는 생각지 못한 시도를 하게 되기도 해. 일단 이걸로 재밌게 놀아보고. 언젠가는 만납시다. 클래식 피아노!

오늘 내 하루엔 이렇게 많은 것들이 뒤섞여 있었어. 하기 싫은데 하고 싶은 마음도 쫌 있고, 마음에 드는데 마음에 안 들고, 싫은데 또 좋기도 하고, 타인에게 에너지를 소진하지만 또 그로부터 에너지를 충전해.

반가웠다. 기뻤다. 맛있었다. 걱정했고, 안심했다.

내일 질문이지만 오늘 하루로 답하는 건 오늘이 그럭저럭 즐거웠기 때문이야. 어쩌면 나의 수많은 평소와 같이 뒤죽박죽이지만 결코 나쁘지만은 않은 이 기분을 기억하고 싶기 때문이야. 단순명료랑은 거리가 멀고 늘 이것저것 질척질척 뒤섞여있어도, 그래도 난 오늘 이렇게 잘 지냈어. '이 정도면 괜찮았어. 즐거웠다.' 이렇게 말할 수 있음이 오늘의 감사고, 앞으로도 종종 나의 감사이길 바라.

p.s. 모두 감사했어요.

슝슝: 아, 좋아라. 글 천천히 읽어 내려가는데, 저도 같이 행복했어요. 따듯하고 기뻤어요. 임하는 이야기꾼이 천성인 것 같은데요? 넉넉하고 감사한 오늘 같은 하루들이 임하의 남은 생에 많고 많고 많고 또 많길 바랍니다. 그동안 함께 써줘서 고마워요~~~^^

선하고 아름다운,
지금 마음 그대로 가득한 사랑,

임하

合合

지금의 나는, 빛나고 있을까?

다른 이에게는 말 할 수 있다. 빛나고 있
다고. 진심이다. 빛이 있다. 아무리 오랜 절망
에, 지겹게 반복되는 실수와 잘못에, 끝까지
날카로워진 자기 비난에 지친 사람에게도. 꼭
꼭 숨은 빛. 잃을 수 없는 빛이 있다. 그와 편
안하게 이야기를 나누고 있으면, 그가 쓴 글
을 조용히 읽고 있으면, 알 수 있다. 두꺼운
상처의 아주 작은 틈으로 새어 나오는 실금
같은 빛에 눈물이 차오른다. 먹먹한 가슴으로
마음의 손을 내밀어 가만히 그 빛을 쓰다듬어
본다. 손 끝에 닿는 빛의 가장자리가 연약하
지만 따뜻하다. 소리 없는 웃음이 날만큼 슬
프고 아름답다. 이 만남이 고맙다. 당신 안에
빛이 있음이 내 안의 빛에 대한 믿음이 된다.
만져지지도, 보이지도, 느껴지지도 않는 순간
에도 빛이 있다. 내 안에 있다. 다행스럽게도
감사하게도 벅차게도. 속절없이 무너지고 한

없이 가라앉고 끝없이 위태롭더라도.

그러므로 나는, 빛나고 있다.

다정한 사람인 척

좋은 사람인 척
성소수자, 동물, 장애인, 여성의 편인 척
다양한 책을 읽는 걸 좋아하는 척
겸손한 척
애쓰는 척
괜찮은 척
진심인 척 한다

언젠가는 진짜 그런 사람이 되겠지
척척척 하기는 나를 믿어주기로 하는 다짐

오늘도 그 마음을 못 이기는 척 믿어주는 척

내가 마음에 드는 날

　내가 마음에 드는 날이 있다. 아주 드물게.
별로라고 느끼는 날은 좀 더 많고, 한심한 날
이 더 많다. 가끔은 정말 밉고, 역겹고, 죽어
버렸으면 좋겠다. 내가 나를 이렇게도 싫어하
는데, 이해가 안되게 나를 좋아해주는 사람이
있다. 힘껏 밀어내면 저만치서 기다리고, 실
수해서 혼날까봐 고개를 숙이고 있다가 슬쩍
올려다보면 괜찮다고 그래도 이만큼은 잘했
다고 말하고, 뭔가 좀 잘 풀려 깜박 들떠서 우
쭐대다 화들짝 들킨 마음에 돌아봐도 엄지를
들고 있다가 눈을 마주치면 박수를 친다. 못
난 외모와 못된 버릇들까지 나만의 매력으로
봐준다. 끝까지 믿지 못하고 도대체 나한테
바라는 게 뭐냐고 다그쳐도 "내가 보기에 너
는 참 좋은 사람, 근사하고 매력적인 사람이
야. 부탁이 있는데 너도 나처럼 너를 그렇게
보면 좋겠다. 아니어도 되고 그냥 내 바람이

니까."라며 싱긋 웃는다. 머리나 취향 중에 하나는 이상한 게 분명하다. 어쩌면 둘 다. 아니면 아픈 앤가. 그래도 좋다. 너를 찾지 못했으면, 만나지 않았으면 어땠을지 아득하다. 생각난 김에 화살 기도를 쏜다.

남은 삶의 길에서 우리가 서로를 잃어버리지 않기를

갓 블레스 유

오랜만에 통화한 친구에게 더 오랜 시간 없었던 애인이 생겼단다. 너무 설레고 기쁜 건 아니고, 편하고 좋단다. 축하한다고 재밌게 만나라고 덕담을 건네고 전화를 끊었다. '휴, 다행이다.' 웃음이 났다.

3년 전 여름의 일이다. "타로 좀 봐주라. 주제는 연애. 커피는 내가 살게." 삼십 대를 반쯤 살아보니 이제는 진지하게 만나 결혼까지 고려할 수 있는 사람을 만날 수 있는지 알고 싶다는 친구에게 카페용으로 들고 다니는 작은 타로 카드를 펼쳤다. "솔직히 안 생길 것 같은데. 너 아쉬운 거 없잖아. 어쨌든 타로는 멀리 안보니까. 올 해 안에 원하는 상대를 만날 수 있을까를 생각하면서, 일곱 장을 뽑아봐. 잠깐! 입술을 닫고, 왼손으로."

가까운 미래에 사랑에 빠진다는 카드와 핵심에 진지한 관계를 맺게 될 거라는 카드가 나왔다. 전체 카드 배열의 가장 왼쪽과 오른쪽에 남자 황제 카드와 여자 황제 카드가 등장했다. 해석을 하는 내가 더 놀랄 정도로 너무나 완벽한 연애를 예고하는 결과였다. 친구의 동의를 구하고 그날 밤 블로그에 '완벽한 연애 타로 상담' 이라는 제목의 글을 올릴 정도였다. 친구도 그 날의 커피를 산 것과는 별개로 너무 고맙다며 커피 쿠폰을 보냈다. 타로가 말한 동화 같은 사랑은 친구의 현실에서 일어나지 않았다.

그 후로도 몇 번 이야기를 나누며 웃어 넘겼지만 미안한 마음이 남았었나 보다. 좋은 사람과 좋은 사람이 만나 오래오래 행복하게 살았습니다. 이 쉽고 당연한 문장이 참말로 어렵구나. 웃음이 난다. 이 복잡다단한 세상에서 용감하게 사랑을 선택한 친구야. 네가 그 어려운 걸 넉넉히 해내기를 기도하마.

갓 블레스 유.

자기 전 셀프 토닥토닥

승승아, 자고 나면 내일이다. 그지? 또 내일이야. 시간은 어찌나 성실한지. 독하다. 독해. 대단하다. 대단해. 그렇게 매일 같이 성실한 사람들도 있지. 대단하고 독한 사람들. 씩씩하고 단단한 분들. 우리를 끝끝내 더 나은 세상으로 데려가 줄 영웅들. 네가 꾸역꾸역 읽어대는 지구와 차별 받는 여성, 장애인, 동물의 삶을 위해 시간과 돈과 에너지를 쏟는 너무나 멋진 사람들. 네가 자고 일어나서 갑자기 그들처럼 살 수는 없겠지. 그래서 네 인생 별로라고 생각하는 거, 비루하고 지겹다고 여기는 거 알아. 말 안되는 데도 그냥 계속 가라앉고 재미없고 도망가고 그만두고 싶은 것도 알아. 그래. 그 마음 알아. 난 너니까. 알지. 알아.

아마 내일도 오늘처럼 잠깐 좋다가, 가끔

웃고, 한참 멍하고, 갑자기 울적하고, 문득 외롭겠지. 최근 며칠처럼 내내 아프고, 짜증나고, 화날 수도 있겠지. 하지만 운이 좋다면 고마운 사람들이 선물해주는 따듯하고 편안한 시간도 있을 거야. 아주 작게, 아주 잠깐이라도 네가 그들에게 선물일 수도 있고. 너 그런 경험 해봤잖아. 네 지겹게 반복되는 자기 비난도 적당한 이유도 없이 홱 토라져버리는 감정도 방해할 수 없는 고요하고 평화로운 순간 말이야. 그 순간이 네게 '살아도 괜찮아' 하는 허락이 되잖아. 마음이 놓이고, 긴장이 풀리고, 눈물이 흐르고 웃음이 나잖아. 지금은 그 순간들만이라도 붙들자. 살아 보자. 그래 보자. 너 좀 많이 피곤한 스타일인 거 알지? 그래. 괜찮아. 오늘은 여기까지만. 그래그래. 괜찮아. 이제 자. 잘 자.

제기랄, 어른 따위

　제기랄, 어른 따위. 절대 되지 않을 테다! 정신을 차려 보니 아빠다. 벌써 아이들은 고1, 중 1. 생활비, 학원비 벌어야 하니 회사도 못 그만둔다. 또 나는 내 방 안에서 문에 귀를 대고 부모님의 분위기를 살피며 자랐는데, 왜 지금도 아이의 방 밖에서 문에 귀를 대고 아이의 심기를 살피고 있는가. 젠장, 된장.

　다행히도 회사에서는 보고서 없이 일한 지 4 년째, 조직도에서도 대표 바로 밑에 별도로 내 이름만 써 있는 1인 상담실의 유일한 상담사다. 후후후. 모셔야 하는 다혈질 상사도 챙겨야 할 무서운 후배도 없는 곳을 찾아 연봉을 낮춰 가며 이직했다. 그런데 어쩌다보니 전체 인원이 이백 명인 애매하게 좁은 회사에서 나는 평가권자인 직속 상사에게는 할 수 없는 온갖 질문들을 받는 무엇이든 물어

보살이 됐다. 이거 어른 비슷한 거 아닌가. 젠
장, 쌈장.

점점 더 그냥 하면 되는 게 아니라 말을
해야 하는 자리, 혼자 잘하면 그만이 아니라
누군가를 데리고 해야 하는 자리, 내가 걸어
온 길을 따라 걷고 있는 이들을 만나는 자리
에 내가 있다. 젠장, 고추장. 머리가 아프고
다리가 떨리고, 도망가고 싶다. 돈 벌야 하니
심호흡 크게 하고 자리에 앉는다. 양반 다리
로, 따듯한 물 한 잔 마시고, 헛기침도 한 번,
이 자리를 받아들이기로. 뭔가를 기대하고 있
는 상대의 얼굴을 본다. 아니요. 저는 당신의
이야기를 듣겠습니다. 오늘도 듣기로. 더 듣
기로.

아빠는 개인주의자

아빠 내일 부산 가. 일이 있는데, 그 전후로 이틀 정도 쉬고 올 것 같아. / 아빠는 개인주의자네요. / 아, 음, 그래. 잘 다녀올게.

나는 유독 혼자를 사랑하는 사람이다. 하지만 누군들 안 그럴까. 함께가 벅차면 혼자, 혼자가 과하면 함께 있고 싶지. 지인들과 이런 주제로 이야기할 때면 제일 많이 듣는 소리가 있다. '나도 그러고 싶지. 어디 그러기가 쉽나.' 아무래도 그렇지 싶다가 정말 그런가 싶다. 원하는 게 있는 데도 안 그러기는 정말 쉽나. 편하나 좋나.

요즘은 나의 필요에 따라 나를 데려간다. 그러려고 한다. 누군가의 아쉬움과 서운함에는 사과한다. 다른 이의 필요 보다 나의 필요를 선택하는 것도, 나에게 보다 다른 이에게

사과하는 것도 여전히 어색하고 연습이 필요
한 일이다. 그래도 해야지. 익숙한 '나만 참으
면 되는데'는 반복되는 언해피엔딩을 맞이할
뿐이니. 그나저나 딸은 '개인주의자'라는 말
을 무슨 뜻으로 한 걸까?

미안해. 딸. 아빠 잠시 혼자 있다 올게. 다
녀와서 오래 함께 잘 지내자. / 잉? 왜 그렇게
진지해요? ㅋㅋㅋㅋㅋ 잘 다녀오세요!

정말

'하나님은 인간을 아무 육체 노동도 필요 없는, 그저 다른 생명들과 어울려 놀 수 있는 에덴동산에 살게 했다. 그들은 죄를 짓고 동산 밖으로 쫓겨나고 나서야 일했다.'

어느 기독교 서적에서 본 말인데 출처도 정확한 문장도 기억나지 않는다. 지금은 종교인으로 살기를 그만뒀다. 하지만 위 문장들의 뉘앙스는 생생하게 기억한다. '그러니까 나를 만든 신은 내가 놀고 먹기를 바란다는 거지?' 마음에 들었다. 성실하고 책임감 있게, 제 밥값을 하며 살라는 말에 사로잡혀 이삼십 대를 살았다. 아무리 열심히 살아도 내 목숨값을 못하는 것 같아 자주 불안했다. 이 문장들을 만나고 열심히 사는 것만 맞는 인생은 아니겠구나 어렴풋이 알게 되었다.

완전히는 안되더라도 돈이 되지 않고 세상에 무익하더라도 내가 원하는 것들, 나를 즐겁게 하는 것들을 선택하기로 했다. '사는 재미연구소'를 만들었다. 재밌게 살다보면 의미도 있겠지. 없음 말고. 정도의 마음가짐으로. 최근에는 열심히 살면 안되는 이유가 더해졌다. 자본주의 사회의 열심은 필연적으로 더 많은 환경파괴로 이어진다나. 더 많은 재화의 생산과 소비는 결국 지구를 더 사용하는 것이므로.

그러니 나는 쿨한 지구를 위해 힙하게 살기로. 더 느리게 게으르게 가볍게. 신이 원하는 바가 그러하다.

폭력에 관하여

제 분에 못 이겨 육체적으로 우위에 있는 자신들이 나의 육체 하나쯤 짓이겨버리겠다는 그 몸짓. 나에게 폭력을 가하려 했던, 그리고 폭력을 가했던 그 얼굴들은 모두 그대로 박제되어 있다.

[나는 세 집 살이를 한다, 시선, 2021]
'폭력, 그리고 박제된 얼굴' 중에서

느슨했던 마음을 쿵 찧는 문장, 입 안에 쌉쌀하고 비릿한 피 맛이 남는 글이었다. 나의 가해들이 떠오른다. 두 살 어린 남동생의 뺨을 후려쳤던 열여섯의 나. 반 아이들에게 무시당하지 않으려 가장 착했던 친구의 얼굴을 때렸던 열여덟의 나. 놀란 마음에 정신을 놓고 여섯 살 아이의 엉덩이를 때렸던 스물아홉의 나. 더 많은 얄궂고 교활한 유사 폭력의

전과가 있지만, 그날들의 물리적인 폭력은 1초도 안 걸린 단 한 번의 접촉이었던 한 순간을 지금까지 반추하게 한다. 겁이 많고 내향적이었던 내게 쌓인 피해의 기억들은 더욱 많지만, 가해자로서의 나는 늘 피해자로서의 나보다 강력하고 거침없다. 그 자신만만함으로 나 자신의 해로움에도 불구하고 살아도 괜찮다는 허락을 구하는 나를 비웃는다. 나의 잘못 보다 나는 더 나은 존재라는 연약한 믿음을 망설임 없이 짓밟는다. 내가 부인할 수 없이 저지른 행위들을 근거로 내게 유죄를 선고한다.

신체 폭력은 물론이고, 소리를 지르거나 욕설 등의 언어 폭력과 노려보거나 관심을 거두어 버리는 위협적이고 억압적인 태도 폭력까지 하지 않으려고 애쓴다. 요즘 십 대 후반이 된 아들에게 사과하는 일이 잦다. 내 못된 폭력의 버릇이 삐져나오거나, 과거에 했던 내 위협적 언행의 기억에 의한 녀석의 움츠림이

느껴질 때마다 미안하다고 말한다. 죄책감으로 스스로를 처벌하는 습관은 멈추어야 겠지만, 나의 피해자들에 대한 용서를 구하는 마음과 안녕을 비는 기도는 그치지 않아야 하리라. 안고 살아야 하는 괴로움들이 있다. 때로는 그것들이 나와 내가 사랑하는 사람들을 지켜주리라. 폭력은 피해자에게도 가해자에게도 종신형이다. 그러나 긴 수감 생활 중에도 믿음과 소망, 사랑이 있음을 나는 믿는다.

공부가 제일 쉬웠어요

잘 생기면 인기가 많다. 운동을 잘해도 마찬가지. 성격이 밝고 말솜씨가 좋아도 아이들이 좋아한다. 돈이 많은지 먹을 거를 많이 사주며 팔로워를 거느린 친구도 있었다. 어느 것도 해당되지 않은 내게 공부는 가장 할만한 행동이었다. 다행히 물려 받은 공부 머리가 있었고, 책을 좋아해 공부가 싫지 않았다. 거기다 '공부'는 부모, 선생님 등의 어른들에게 다른 능력들 보다 차별적인 대우를 받는 귀한 능력이었다. 어느 정도 성적을 내면 웬만한 잘못을 하더라도 대부분의 어른들에게 관대함을 끌어낼 수 있었다. 재수 없을 만큼 잘하진 못해서 친구들에게 미움받지도 않았다. 해야할 양도 늘 많아서 시간도 잘 갔고, 혼자하면 되는거라 타인의 눈치를 보거나 불편할 상황도 생기지 않았다. 그렇게 적당히 공부하며 중고등학교 시절을 보냈다.

대학에서 전공한 국어국문, 대학원에서 전공한 심리상담 외에도 우쿨렐레, 칼림바와 같은 악기 연주나 에세이, 시 쓰기나 책 만들기, 명상, 맥주, 와인 등의 공부를 계속 해오고 있다. 혼자 책으로 파는 건 더 쉬워서 동시에 서너 권을 읽으며 한 달에 열 권 이상의 책을 읽는다. 뭐 하나 잘나지 못해서, 딱 이거다 끌리는 게 없어서, 어떻게든 인정받고 적응하고 살아남으려고 한 공부가 지금은 가장 가까이 있는 생생한 즐거움이 되었다. '배우고 때때로 익히니, 또한 기쁘지 아니한가' 암요. 공자님, 백퍼 공감합니다.

뭐 어때

오 년 전부터인가 성실하고 책임감 있다는 말을 이력서나 자기소개서 등에 쓰지 않는다. 아니니까. 물론 필요할 때 짜내긴 한다. 하지만 부담이 클수록 욕심도 과해서 주위 사람도 나도 지친다. 자연스럽고 편안하지 않으니 내 것이 아닌 거다.

심신에 힘을 빼고 자연인으로 존재할 때 나는 어떤 사람인가 돌아본다. 나는 '뭐 어때'를 잘하는 사람이다. '아이고, 잘못했어? 잘 안됐어? 뭐 어때.', '잉? 이걸 지금 바로 하라고? 갑자기? 준비도 없이? 흠, 뭐 어때. 해보면 되지. 안 되면 그만두면 되지.'

힘들면 도망치고 재밌으면 계속 한다. 계속하면 꽤 잘하게 되니 더 신난다. 돈도 된다. 선순환이다. 심리상담도 타로상담도 보드게

임도 글쓰기도 하나 하나 늘려간다. 국내의 심리상담사 경력관리를 좀 아는 분들은 종종 한 우물만 열심히 파서 심리학 박사나 수퍼바이저가 되어야 하는 거 아니냐 묻지만, 뭐 어때. 그래도 되고 안 그래도 된다.

혼자의 시간

　함께 한 시간이 켜켜이 쌓인 오랜 인연과의 편안한 시간이 있다. 낯선 만큼 새로운 사람과의 놀라운 배움의 시간이 있다. 그 시간을 나에게 내어 준 다정한 사람들이 있다. 나보다 나를 더 믿어주는, 사람 보는 눈이 영 꽝인, 친구도 골라 사귀어야 한다는 금언을 잊기로 작정한 고마운 사람들. 삶의 깊은 골짜기 마다 보답할 수 없는 마음으로 나를 구해 준 사람들이 있다. 그러나 혼자 견뎌야 하는 시간이 있다.

　값 없이 빌린 사랑을 반납하고, 빈 방에 가만히 앉아 어둠의 머리카락을 세는 시간. 괜찮아. 괜찮아. 아침이 올거야. 괜찮아. 괜찮아. 다 지나갈 거야. 괜찮아. 괜찮아. 끝까지 혼자는 아닐 거야. 괜찮아. 괜찮아. 괜찮아. 괜찮아. 이윽고 동이 튼다. 일어나 이불을 개고

양치와 샤워를 하고 옷을 입는다. 거울 앞에 서서 입꼬리를 올려 씨익 웃고 집을 나선다.

괜찮아. 괜찮아. 오늘은 괜찮을 거야.

끝의 끝의 끝까지

어제의 끔찍한 순간들이 내일도 닥치리라는 이야기는 반복 재생 되는 저주 같은 것. 별안간 삶이 끝장나리라는 망상은 딱 내가 믿는 만큼의 힘으로 나를 움켜 쥔다.

하지만 믿음은 숨 막히는 공포 속에서 어둠 너머의 너에게 손을 내미는 것. 소망은 언제고 네가 내 뻗은 손을 잡고 놓치지 않을 것이라는 것. 사랑은 나를 믿는 너의 마음을 믿고 오늘을 살기로 결심하는 것.

나는 어떤 두려움에도 이를 악물고, 끝의 끝까지 사랑을 선택한다.

모르겠어

　내가 하는 일이 정말 아무 것도 아니라는 생각이 들어. 이것 저것 하면서도 정말 아, 진짜 의미도 재미도 없다 싶어. 이런 말들 다 사실이 아닌데. 놓아줘야 흘려보내야 하는데. 알고 있지만 오늘 같은 날은 나도 그저 한 마디 거짓말 같아. 말을 너무 많이 해서 그런 걸까. 입을 닫고 사라져버리면 될까.

가끔 아니 종종

가끔 아니 종종 독서, 운동, 글쓰기 등의 좋은 습관들을 유지하는 중에 현타가 옵니다. '이게 다 무슨 소용이지? 어차피..' 하는 말로 시작되는 끝이지 않는 생각들이 피어오르는 순간이요. 스스로 의미를 만들어내지 못할 때요.

그 때는 존재 자체로 내가 살아갈 의미를 주는 사람들, 어떤 나라도 그저 괜찮다고 예쁘게 봐주는 사람들을 떠올립니다. 용기를 내어 연락해서 도움을 요청하기도 합니다.

오늘이 딱 그렇네요. 무슨 일이 빵 하고 터진 것도 아닌데, 조금씩 오래 쌓인 무언가가 두 눈까지 차올라 자꾸만 흘러 넘치려 합니다. 시간이 많이 늦었고 내일도 출근해야 하는데. 이 글도 여기서 멈추고 잠을 청해보려

합니다.

　마음아, 꿈에서 우리 만나면 부디 네 이야
기를 들려주길.

이세계의 씩씩한 나에게

출근해서 하루 종일 한숨만 쉬다 끝난 상담들과 듣는 사람들이 반쯤은 졸고 있는 의무교육들을 했어. 상담, 교육, 상담, 교육, 상담 이렇게. 목도 아프고, 머리는 멍하고 다리는 풀려. 엉덩이를 빼고 비스듬이 자리에 눕듯이 앉아 '퇴근할 기운이 없네. 하. 하하.' 웃어봐. 매 해마다 '성희롱예방교육', '직장내괴롭힘방지교육', '장애인인식개선교육'을 하고 있으니, 언젠가는 희롱도 괴롭힘도 차별도 없는 회사가 되겠지? 하. 하하. 그 날의 감격을 맛보지 못하고 나는 퇴사할 것 같지만.

눈치 챘겠지만, 여기서 사는 나는 꽤나 징징이야. 불만은 많고 의욕은 없고 반 쯤 망한 인생의 남은 부분을 편하게 재밌게 조금은 의미 있게 살고 싶은 바람이 있네. 오늘은 평행 우주 어딘가의 다른 너를 상상해봐. 그곳의

너는 아주 씩씩해. 한때는 간절한 꿈이었지만, 지금은 원치 않는 일들을 매일 해내고 있고. 너의 트라우마는 모두 너를 사랑한다 고백했던 사람들로부터 왔지만, 너는 그들을 끝까지 사랑하리라 다짐하지. 그리고 넌 울지 않아. 끝을 알 수 없이 힘들 때도 모든 일이 잘 풀릴 때도 넌 외로웠지만 늘 웃어. 다른 사람의 이름을 부를 때도 늘 크고 밝은 목소리인 너의 많은 별명 중에 하나는 '비타민' 이겠지. 너의 밤이 죽음에 가까운 색일 때도 너의 낮은 환하게 빛날 거야. 너의 마지막은 너무나 투명해서 아무도 알지 못할 거야.

우주 저 편의 너는 그대로의 나. 나의 일부이자 모두. 내가 영원히 슬퍼할 아름다움 일거야. 너를 위해 나는 공허한 오늘을 살아 낼게. 네 영원한 기쁨을 위한 고요함이 될게. 유독 네가 그리운 밤이야. 너는 거기서 꼭 안녕하길.

신에게 받은 편지입니다

얼마 전에 네가 나를 노려보며 소리질렀지. "도대체 나한테 원하는 게 뭡니까!" 내가 답할 겨를도 없이 넌 괴성을 지르고는 숨 가쁘게 달리고 달렸어. 넘어지고 굴러 정신을 잃을 때까지. 지금 네 육체는 병상에 누워 있지만, 네 영혼은 내 양 팔에 동그랗게 몸을 말고 자고 있어. 무슨 나쁜 꿈을 꾸는지 미간을 찌푸리고 입을 떨면서.

네가 태어나기 전에 너는 참 지혜로운 아이였단다. 너를 낳고 키울 부모는 어떤 사람인지, 네가 나고 자랄 세상은 어떤 곳인지 질문이 참 많았지. 태어날 때 다 잊는다고 여러 번 말해도 그래도 알려달라고 졸랐지. 네가 매일 밤 잠자리에 들 때마다 어딘가에 살고 있을 너의 어머니와 아버지를 위해 기도하고 있다는 걸 알고 있었어. 그날 밤 너를 세상

에 보내며 너의 어머니의 꿈 속에 찾아가 부탁했단다. 내가 사랑하는 아이들 중 가장 호기심이 많고 사람과 동물을 좋아하는, 쌍꺼풀은 없고 말문은 늦게 트이겠지만, 자연과 책 속에서 읽고 쓰는 삶을 꿈꾸는 아이를 맡긴다고 말이야. 나도 그날부터 지금까지 늘 너의 삶을 바라보고 있어.

내가 너한테 원하는 게 뭐냐고 물었지. 나는 네가 너 자신으로 살길 원해. 내가 너를 사랑하는 것처럼 네가 너 자신을 사랑하길 원해. 네가 끝의 끝까지 네 자신의 편이길 원해. 그렇지 못한다 해도 괜찮아. 네가 네게 주어진 시간을 모두 채우고 내 품으로 돌아오는 날에 너는 온전해질 테니까. 힘들어도 끝까지 힘들지는 않을꺼야. 울어도 끝까지 울지는 않을거야. 그러니 너무 걱정말고 잘 다녀오렴.

두 마음

예전 내담자에게서 카톡이 왔다. "쌤, 제 마음이요. 죽고 싶은 마음 보다는 살고 싶은 마음이 더 커요!" "그래요. 다행이에요. 저도 가끔씩 죽고 싶은 마음이 드는데, 조금 참고 기다리면 그래도 살고 싶은 마음이 더 크구나 싶어져요. 그래서 계속 사는 것 같아요." 답했다. 그에게는 죽고 싶은 마음 보다 살고 싶은 마음이 더 크다는 걸 발견한 것이 아주 놀라운 일인가 보다. 상담자도 죽고 싶은 마음이 들 때가 있다는 말에도 놀란다.

비슷한 시간에 같이 '나를 껴안는 글쓰기'를 하는 단체카톡방에다가 좋아하는 노래로 정밀아의 '언니' 영상을 올렸다. 한 분이 '이 많이 슬픈 노래의 어떤 부분이 좋으냐'고 물었다. 뜬금 없이 '사는 건 꽤나 고되고 외롭고 슬픈 일이고, 살면서 그런 마음들을 나눌 수

있는 건 참 다행스러운 일이구나'라고 생각한
다 답했다. 혼자 눈물이 핑 돌았다. 아니, 워
워, 잠깐, 잠깐. 노래가 왜 좋냐고.

두 분에게 이 대화를 글로 써도 괜찮냐고
물었다. 똑같이 "네!", "예~" 답해주신다. 그
환한 대답들이 내 안에 조용히 쌓인다. 감사
하다.

우울하지 않을 이유를 찾아주세요

"왜 시무룩하세요?"

"우울하지 않을 이유를 찾는 게 더 힘들지 않나요?"

"명언이시다. ㅠㅠ"

오늘 지인과의 대화 속에서 찾은 오늘 글의 주제. 다음의 사례에서 우울하지 않을 이유를 찾아보자.

집주인이 친절한 목소리로 전셋값을 올려달란다. 법적으로 2년차 재계약이라 인상률 제한은 5% 지만, 20% 올려주지 않으면 어쩔 수 없이 자신이 사는 집을 전세로 돌리고 이 집에 들어오겠단다. 그렇게 되면 자연스레 나는 나가야 하는데, 나를 내보내겠다는 말은 생략하는 보드라운 말솜씨. 현재 이 집의 전세 시세는 이미 두 배 가까이 뛰었는데 큰 아

량으로 딱 20%만 올려 받겠다는 집주인은 전세금을 올리는 것이 아니라 내가 자신에게 돈을 빌려주는 방식으로 하자고 제안했다. 역시 그 이유가 현행법을 우회하기 위함이라는 말은 하지 않았다.

이런 상황에서 상호 간의 거래 사실을 확인하기 위하여 쓰는 서류가 '금전대차계약서'라는 것을 알려주는 지혜로운 집주인. 만약을 위하여 비용 부담을 할테니 '공증'을 받자고 요구하는 나, 그러니까 위대한 아파트 소유자인 자신을 믿지 못하는 우매한 세입자에게, 집주인은 지금도 인상분을 훌쩍 뛰어 넘었고 2년 후에는 더욱 격차를 벌릴 비상하는 전셋값을 재확인시켜주었다. 그러니까 '공증' 없이 '상호' 확인만으로 충분하다는 말씀.

잘나가는 회계 법인을 운영하는 법무사인 집주인은 도대체 어떤 깊은 생각으로 이렇게나 예의바른 협박을 하고 있는 걸까? 나는 끝

내 알 수 없었다. 반대로 지금 가진 돈으로 구할 수 있는 비슷한 전셋집이 이 근처에 전혀 없으리라는 것은 분명했다. 자비로우신 주인님의 은혜로 경제 공부, 인생 공부를 빡세게 하고 있다.

여기서 문제. 위의 사례에서 세입자인 내가 우울하지 않을 이유를 200자 이내로 서술하시오. 제발요. 저도 감사하며 살고 싶어서 그래요.

요즘은

요즘은 하루가 지치고 사는게 힘들어. 이상해. 나 그렇게 안 불행한데. 맞으면서 자라지도 차별 받아 힘들지도 가난해서 서럽지도 않았는데. 나를 무시하고 미워하는 사람들 보다 좋아해주고 챙겨주는 사람들이 내 주위에 많은데. 좋아하는 일들을 하고, 그걸로 먹고 사는데.

오늘 같이 길고 긴 하루를 보낸 날에는 아무 것도 모르겠어. 자신이 없어. 늦은 밤 집으로 가는 길의 버스정류장에서 그냥 버스도 내일도 오지 않았으면 좋겠다 싶었어. 울기엔 나는 멀리서 본 누군가가 조금은 부러워할 만한데, 멋있다고 잘 하고 있다고 칭찬 들을 만도 한데. 그래서 더 이상한 기분인 것 같아. 정말 마흔앓이라는 게 있나 싶기도 해.

    지금 내 앞에는 자기 이야기를 쓰고 있는
사람이 있어, 함께 쓰고 읽고 웃고 울다 보면
마음이 조금은 나아질 것도 같아. 그래. 지금
의 슬프고 외로운 나도 잘 데리고 가야지. 편
안하고 따듯한 나도 곧 만날 테니까. 지치니
까 힘드니까 지친 대로 힘든 대로 살아 보자.
괜찮다 괜찮다 계속 말해주면서.

잠수

　이삼십 대는 내가 무엇을 선택하든지 결과에 대해 책임질 거라며 밀어붙인 이십 년이었어요. 몰랐어요. 선택과 결과는 단순한 연결도 혼자 감당할 수 있는 것도 아니었어요. 작은 선택 하나가 나뿐 아니라 주위의 사람들, 그들의 선택들, 그것들에 영향을 받는 또 다른 존재들, 예상과는 아득히 다른 결과들로 이어졌어요.

　오늘은 그 선택을 할 당시에는 전혀 알 수 없던 결과들 앞에서 무릎을 접고 주저앉아 있어요. 걱정 말아요. 죽음이야말로 영원히 감당할 수 없는 결과들을 태어나게 하는, 결코 못 할 선택임을 잘 알고 있어요. 바닥이 보이지 않는 계단 앞에 서서 그저 시간이 흘러가기를 기다리고 있어요. 선택하지 않기를 선택하고 있어요. 선택하는 힘을 아껴 결과들을

받아들이는 데 써야 해요. 말장난이래도 좋아
요. 지금은 그래야 해요. 이제는 정말 연락하
기 힘들 것 같아요.

잘 지내요. 안녕.

온다 온다

온다. 온다. 온다. 이마가 어째 계속 묵직하고, 마스크가 유난히 답답하고, 반 팔 입은 사람들 사이에 긴 팔로도 으슬으슬하다. 앉았다 일어나니 머리가 어지럽게 핑그르르 돈다. 벽에 손을 짚고 잠시 멈춤. 아득하게 어두워졌던 시야가 서서히 밝아 온다. 몸살이 온다. 아, 정말 뭘 어쨌다고. 내 몸이 아닌 양, 내 탓이 아닌 양 짜증을 내어 보지만 내 몸이고, 내 탓이다.

돌아보니 최근에 계속 잠을 적게 잤다. 그리 열심히도 생산적이지도 않았지만, 생각이 복잡하고 마음이 괴롭다는 이유로 안잤다. 마흔 해나 데리고 산 몸이니 이리 될 줄 모르지 않지만, 알면서도 내버려 둔 셈이다. 언제부턴가 좋은 말로 할 때 나를 제대로 돌보지 않으면 더 크게 아플 거야. 몸의 협박이 생생하

게 들린다. 무시하면 바로 실력을 행사하니
별 수 없이 항복.

　사는 내내 마음에게 몸에게 가만히 있으
라고 윽박지르며 살았던 업보다. 퇴근길에 약
국에서 산 몸살 감기약과 봉지 한약을 먹고
누웠다. 오늘은 일찍 자야 한다. 이 글도 여기
까지.

어느 겨울날 아침 이야기

　　나는 먹히고 있다. 밑둥에 큰 입이 달린 나무 괴물에게 붙들리어. 새까만 어둠 속에서 악마 같은 눈을 가진 기묘한 존재에게. 나는 두 눈을 부릅뜨고 눈물을 흘리며 입을 크게 벌려댔지만 몸은 마비된듯 움직일 수 없다. 소리는 전혀 없어 적막하기만 한 초현실적인 풍경 속에서 오른발부터 서서히 잘근잘근 씹히고 있다.

　　헉! 발목이 채 먹히기 전에 깼다. 자정이 갓 넘은 시간, 다시 자면 꿈이 이어진다. 이불 밖으로 내쉬는 숨에 하얀 입김이 보인다. 오늘 기온이 영하로 확 떨어진댔지. 일어나 읽던 책을 손에 든다. 작가의 기면증에 대한 이야기. 끊임없이 졸음이 오고 기를 쓰고 싸워도 잠에 멱살이 잡혀 꿈으로 끌려가는 이야기가 방금 전까지 생생했던 악몽과 함께 섞

여 오싹했다. 두 시간 쯤 지나 다시 잠을 청했다. 늦잠을 잤다. 회사 근처 지하철 역에서 내릴 때 즈음에는 마음이 아주 급했다. 영하 12도의 날씨는 두 뺨을 얼리는데 횡단보도의 신호는 이럴 때일수록 길다. 화가 난다. 짜증이 난다. 그냥 다 때려치우고 싶다. 이가 갈린다. 명치를 무언가가 꽉 누르는 기분, 위험하다.

문득 건너편 차도에 나란히 서서 신호를 기다리는 3319번 버스와 8331번 버스가 보였다. 두 버스의 창문이 내려가나 싶더니 주황색 공 같은게 휙 넘어간다. "나이스 캐치!" 이런 소리를 들은 것 같기도. 귤이다. 받아든 기사님이 다른 손으로 따봉을 만든다. 그들의 귀여운 공놀이에 긴장이 탁하고 풀렸다. 그래. 워워. 심호흡. 깊이 들이마시고 천천히 내쉬고. 한 번 더 심호흡. 신호가 바뀌고 조금은 가벼워진 발걸음으로 출근. 지각.

나 여기 있어도 되나요

사랑할 때도, 일할 때도, 여러 모임에 있을 때도, 심지어 가족과 있다가도 흐름을 놓치고 혼자 속으로 들어가 붙드는 질문이다. 나는 당신에게 필요한 사람인가요? 나는 쓸모있나요? 내 역할을 해내고 있는 건가요? 나를 원하지도 않는 사람 곁에 구차하게 있는 걸까봐. 눈치 없이 내가 떠나길 바라는 분위기를 알아채지 못하는 걸까봐. 여전히 두렵다.

이십오년의 종교 생활에도 '당신은 사랑받기 위해 태어난 사람'임은 믿기지 않고, 십이년을 심리상담사로 살면서도 내 마음은 굳세고 편안하기 보다 일희삼사비(一喜三四悲)하며 얕게 찰랑댄다. 오늘처럼 과거로부터 찾아온 죄책감이 눈 앞을 가리고, 바닥이 없는 늪에 빠져 내일을 향해 발을 내딛을 자신이

없는 날에는 신의 바지가랑이라도 붙잡고 묻고 싶다. 저 여기 있어도 되나요? 살아도 되나요?

내가 하찮은 몸을 움직여 걷고 읽고 글을 쓰고, 부끄러움을 무릅쓰고 사람들을 만나고 함께하고, 너무나 두려우면서도 의미 있는 일들에 고개를 내미는 이유도 이 질문에 답을 얻기 위함이다. 어쩌면 스스로 답하기 위해서. 그래, 있어도 괜찮아. 라고.

고이고이

　고이고이. 부사. 매우 곱게. 매우 소중하게 또는 정성을 다하여. 아주 편안하고 고요하게. 예문. 고이고이 잠들다. 마지막 가는 길 고이고이 가시옵소서. 네이버 검색으로 찾은 표준국어대사전 속의 고이고이의 뜻이에요. 좋겠어요. 고이고이 잠들면, 고이고이 살면, 고이고이 사랑하면.

　인생을 불탑을 쌓듯 경건하게도 만두피를 빚듯 정성스럽게도 열심히도 근사하게도 아름답게도 살지 않아서 쾅 벼락을 맞아도 와르르 무너져도 크게 아쉽지는 않을 것 같은데, 언제 날벼락이, 아니 업보로서의 천벌이, 비난이, 버려짐이 닥쳐올 지 몰라 불안해하다 놓쳐버린 고이고이가 참 많은 것 같아요.

　오늘은 잠시라도 두려움을 내려 놓고 고

이고이, 내게 주어진 지금을 고이고이, 내 옆의 고마운 당신을 고이고이, 무릎 안고 웅크린 마음을 고이고이 어루만지고 싶은 날이에요. 고이고이 잠들고 싶은 밤이에요.

책임에 대하여

바보 같게도 내 행동에 대한 책임을 지는 것은 어떻게든 내 몫이라고 생각했다. 쉽든 버겁든 내가 감당하면 될 일이라고 믿었다. 그렇지 않았다. 하나의 행동의 결과는 다른 둘 셋의 사건으로 이어지고, 그 사건들은 다시 여러 사람에게 영향을 주고 그들은 또 저마다의 행동을 하고, 그 결과는 연쇄적인 사건들로 끊임없이 이어졌다.

마침내 내 품으로 돌아온 지친 이야기들에 놀란다. 그들의 언 뺨을 쓰다듬는다. 짊어지고 살겠노라 꼭 안는다. 하지만 내게 돌아오지도 못하고 그대로 제 갈 길을 간 다른 이야기들은 어디쯤일까? 종종 몹시 두렵다. 때때로 마음이 아리다.

부디 어느 외롭고 고단한 골목길에서라도

부드러운 담요, 깨끗한 물, 넉넉한 먹이가 놓인 따듯한 상자 하나 만날 수 있기를 기도하는 밤.

정말 하기 싫었던 일

정말, 저어엉말 하기 싫었던 경험을 말하라면 이십대 시절 다녀왔던 4박5일 간의 성경통독세미나다. 지리산 기슭의 교육장에 갇혀, 삼시세끼 쌀밥과 풀 반찬들과 시래기국과 콩나물국만 먹으며, 새벽 여섯시부터 밤 열한시까지 성경의 처음부터 맨 마지막까지 설교와 읽기를 반복하는 지옥의 일정으로 유명한 세미나였다. 세 번을 다녀왔다.

나는 지금 교회에 나가지 않는다. 모태신앙이라 뼛속 깊은 유신론자지만, 신의 목소리라고 주장하는 사람의 이야기들은 믿지 않게 되었다. 자신을 믿고 따르지 않는다는 이유로 남녀노소를 가리지 않고 죽이고, 영원한 지옥불에 던지는 게 신이라면 내가 거절한다는 입장이다. 세 번의 집회를 통해 얻게 된 성경지식이 내가 까다로운 비종교인이 되는데 한몫

했다.

　지금은 종교인도 비종교인도 차별금지다. 고된 세상에 의미를 가지고 살고자 하는데 폄하하거나 비난할 필요가 무언가. 한치 앞도 모르는 인생에서 우리는 모두 가여운 중생일 뿐이다. 당신이 지옥 갈까봐, 나보다 못나고 약해서가 아니라 꼭 나 같아서 슬프다. 당신도 그런 이유로 나를 불쌍히 여겨줬으면 좋겠다. 내가 나에게, 당신이 당신에게, 내가 당신에게, 당신이 나에게 한없이 다정했으면 좋겠다.

산부인과에 가다

산부인과예요. 주사를 맞았어요. 주사기에 약재를 채우는 남자 의사 뒤로 산부인과에만 있다는 진료 의자를 처음 봤어요. 조금 소름. 의자 옆의 벽면에 붙어 있는 생물재해 마크에 한 번 더 오싹했네요.

미국으로부터 한미동맹의 굳건함을 확인하는 의미로 제공 받았대요. 그런 고로 한국의 국방 관계자들에게 우선 접종하겠다네요. 접종 대상에 현역 군인, 예비군에 이어 사이버교육을 음소거로 틀어 놓고 컵라면을 먹는 나 같은 사이비 민방위 대원까지 포함된다네요.

네. 얀센 백신을 맞았어요. 나온 백신 중 예방 효과가 66%로 가장 낮다고요. 하지만 방역에 힘을 보탠다고, 나와 이웃들의 안전을

위함이라고, 지겨운 마스크 좀 벗겠다고, 한
참을 기다릴 줄 알았던 차례가 성큼 왔다고,
한 번만 맞으면 된다고, 회사서 하루 백신 휴
가를 준다고, 나는 어떻게든 살아남겠다고 어
깨를 까고 주사를 맞았답니다. 아얏!

　　어느 유월의 여름날, 낡은 동네 산부인과
는 아마도 개원 후 처음으로 아저씨들로 가득
찼습니다. 참으로 땀내 나는 풍경입니다. 코
로나 다음은 뭘까요? 강도를 더해가는 지구
의 정의구현과 멈추지 않는 자본주의의 자충
수에 인류는 기어이 박멸될 수 있을까요?

백신 접종 D+1일

백신 접종 후 1일. 잘 쉬어줘야 한대서 밤 열시에 누웠는데, 새벽 세시까지 못잤다. 어디 대놓고 아픈데는 없는데 팔과 다리가 다져진 것처럼 힘이 없다. 예방 삼아 털어 넣은 타이레놀 500mg 두 알이 문젠가. 생각하다 잠들었다. 눈을 뜨니 일곱시. 편안하지 않는 몸에 깊은 잠은 없구나. 눈을 감고 아이들이 등교하는 소리를 들으며 가만히 누워 있었다. 다시 잠들긴 어려웠다. 최근 시작한 요가 리추얼에서 따라하고 있는 영상을 틀었다. '요가에 입문하는 뽀시래기를 위한 왕초보요가'. 작은 고통을 통해서 예민해져 있는 몸을 선생님의 안내를 좇아 천천히 움직인다. 손가락이 거기 있구나. 이렇게 힘이 없는데도 어깨는 잔뜩 움츠려 있구나. 큰 살덩이라 생각했던 허벅지 안 쪽도 당겨질 근육이 있구나.

멍하니 선생님의 목소리는 들렸다가 말았다가, "잠시 엎드려 한 쪽 뺨을 바닥에 대고 그대로 쉬세요." 까지는 좋았는데, "이제 몸을 돌려 손을 짚고 일어나 앉으세요." 확, 짜증이 이는데 숨을 내쉬라 한다. 어떻게 알고. 후우, 하고 짜증을 보내 주었다. 느릿느릿 무거운 몸을 일으켜 앉아 굽은 채로 굳은 척추를 세워본다. "정수리에 실을 매달고 누가 당기는 것처럼," 아, 맞다. 어릴 때 동네 삼촌들이 뒤에서 머리 양쪽을 손바닥으로 꽉 누른 채 나를 번쩍 들곤 했는데, 그게 서울 구경이었던가. 지금의 나를 누군가 서울 구경시켜주면 좋겠다. 무거워서 들기도 어렵겠지? 나도 무서워서 발도 못 떼고 까치발을 하겠지? 어른의 서울 구경은 서로 꼭 부둥켜 안은 채 오래오래 우는 것일 수도?

요상한 생각들이 꼬리를 무는데, "나마스테" 손바닥을 모은 인사로 영상이 끝났다. 그래요. 나마스테. 매일이 알 수 없음의 연속인

세상이지만. 어떤 탈, 걱정 가운데서도 굳세
고 편안하기를. 기어코 삶을, 사랑을 선택하
기를. 나도 당신도 부디, 나마스테.

세상에 태어난 나에게 쓰는 두 번째 편지

아이야, 안녕. 너의 첫 울음을 환영해. 오늘은 너와 지구의 1일이네. 아마도 나처럼 너의 처음이자 마지막 별은 지구겠지? 많은 어른들이 언젠가 달이나 화성에 살 거라고 하지만, 나는 믿지 않아. 지구 말고 다른 살 곳이 있다는 말은 지구를 함부로 사용할 구실 외에 어떤 다른 의미가 있을까. 네가 성장했을 때쯤 내 말이 틀렸음이 밝혀져도 좋으니 그때의 지구가 네게 넉넉한 품이길 바라.

너는 한 살, 지구는 46억 살이야. 가늠이 되지 않지? 다행히 어떤 과학자가 이 46억 년을 1년으로 바꾸어 계산해서 알려주었어. 그의 계산에 따르면 현재를 정확히 12월 31일 자정으로 봤을 때 인류가 지구에 나타난 것이 12월 31일 저녁 여덟 시쯤이고, 현대 문명을 누리기 시작한 때는 자정 2초 전 쯤이

라고 해. 인류가 지구를 소비하는 속도를 보면 너의 탄생과 함께 울린 새 해를 축하하는 종이 몇 번 더 울릴 때쯤 지구는 인류와 함께 끝나지 않을까 싶어.

그러니까 너는, 아마 나도, 지구의 시간으로 모든 것이 끝장 날 5초 전에 태어난 거야. 서프라이즈! 여전히 너의 탄생을 진심으로 축하해. 아이야, 유구한 우주의 역사 속에 너에게 주어진 찰나의 시간을 만끽하길. 너 자신과 네가 만날 작고 작은 존재들의 슬프고 아름다운 삶을 사랑하길. 자신의 마지막 순간을 기꺼이 내어준 지구에게 감사하길. 부탁해. 아이야, 안녕. 너의 첫 울음을 환영해.

할머니의 꿈

7녀 1남 중 유일한 남자가 아버지였다. 그의 장남으로 내가 태어나자 할머니는 동네 부자 아저씨의 이름을 그대로 내 이름으로 정하고 할아버지가 한자를 골랐다. 최창석. 높을 최에 번창할 창, 클 석. 이 무슨 무지막지한 이름인가. 하지만 이름에 걸맞게 태어난 아이의 머리통은 컸다. 많이 컸다. 이왕이면 외자로 빌이나 만술 같은 세계 제일의 부자 이름으로 지어주시지 고작 거센 발음 탓에 말할 때마다 침 튀기는 동네 부자 이름이라니 그만큼 80년 대 시골 사는 분들의 세계는 좁았다.

라고 생각했는데. 40 년을 살다보니 아니다. 놀라운 선견지명이다. 아메리칸 드림 급의 포부다. 번듯한 자기 집 있고, 비싼 농기구 이웃에 거저 빌려주고, 가을 추수가 끝나면 동네 사람들 모아 잔치를 벌이고, 동네 똑똑

한 아이들 돈 없어서 공부 못할 지경에 이르면 못 받을 돈을 빌려주는 인심 좋은 동네 부자가 얼마나 큰 꿈인지 이제는 안다. 깨닫고부터는 그럴 엄두도 못내고 조용히 좋아하는 일 미미하게 하며 살자 싶다. 그런데. 허~

이 글을 적다보니 '인심 좋은 동네 부자'. 좀 멋있다. 욕심이 난다. 인심 좋은 동네 '책방' 부자면 더 좋겠다. 자, 이제 목표를 세웠으니(?) 다음은 낮잠이다(?). 동네 부자의 첫째 덕목은 느긋함이 아닌가.

내가 식물이라면

아마도 나는 난이도가 아주 높고 까다로운, 여차하면 시들어 버리거나 썩어 버리는 난감한 식물일테다. 적절한 시간에 적당량의 물을 주고, 구멍 나고 풀 죽은 잎들을 정성스레 쓰다듬어 주는 건 기본이고. 그때마다 섬세하게 고르고 고른 말로, 다정하고 편안한 목소리로 나도 모르는, 나도 싫어 죽겠는, 나도 미치겠는 나를 달래주어야 한다. '미션 임파서블'이다.

과거에는 누군가 그래주기를 바랐다. 돈 벌기에 바빴던 부모도 못했던 일을 타인에게 요구했다. 실망과 상처와 원망만 남았다. 복수를 한다고 터질듯이 분노를 채운 가시를 잔뜩 세웠지만, 결국 내가 가장 많이 찌른 대상은 나였다. 내가 제일 미웠으니까. 피를 철철 흘리며 고통스러워 부들부들 떨고 있는 나를

지켜보는 희열이 있었다. 자해는 들끓는 공격
성과 죄책감이 동시에 해결되는 완벽한 행위
였다.

　지금은 살아온 관성으로 그럭저럭 살아갈
만하다. 종종 외롭고 슬프고 공허하다. 쓸데
없고 무력하고 참 못났다 싶다. 근데 그렇다
고 해서 그런 나를 불러 세워 소리를 지르고,
욕을 하고, 죽어라 때리고 찌르진 않을거다.
차렷 자세로 누워 뜬 눈으로 눈물만 흘리고
있는 내 곁에 나도 같이 누워 천장을 바라 볼
거다. 야광별이라도 붙여 줄거다. 팔베개라도
해주고, 다른 쪽 팔과 허벅지를 감아 올려 가
만히 안아 줄거다. 밤이 지나고 해가 뜨면 또
일어나 살아갈 거니까. 그거면 됐다고, 착하
다고, 괜찮다고 말해줄 거다.

3인칭 자기관찰자 시점

숭숭의 글을 좋아한다. 조심할 일도, 잘 모르겠는 일도, 고개 숙여 미안할 일도, 허탈하게 웃을 일도, 무릎을 안고 울 일도 많은 글. 읽고 나면, 슬픈데 따듯하다. 허전한데 다가온다. 아득한데 차오른다. 책을 덮고 나면 잊고 잘 살아야지. 다시 반갑게 만날 날까지. 그의 바람대로 그의 삶이 굳세고 평안하기를, 존재 그대로 슬프고 아름답기를.

작가가 되는데 필요한 것

초등학교 고학년 때부터 책을 끼고 다녔다. 고등학생 때는 매일 밤 열두시부터 새벽 여섯시까지 무협지를 읽었다. 국어국문학과로 진학했다. 글쓰기를 좋아는 했지만, 재능은 없다고 생각해서 등단은 진작 포기했다. 미련이 남아 그후로도 계속 읽고 썼다. 라디오에 사연을 보내 김치냉장고, 정수기, 전기밥솥도 탔다. 크고 작은 공연 티켓은 셀 수도 없이 많이 받았다. 글쓰기 수업을 듣고 듣고 또 들었다. 가끔 시도 썼다.

그러다 독립출판을 알게 되었다. 내 이름으로 책을 냈다. 아무도 내 삶이, 내 글이 책으로 낼만 하다 하지 않았지만, 나는 책을 내고 작가가 되었다. 그리고 글쓰기 모임을 운영하고, 글쓰기를 돕는 코치도 하고, 작은 글 공모전의 심사도 하고, 북토크도 하고, 북페

어도 나가고, 작은 책방들의 사장님과 친구가 되고, 다른 작가들과도 만났다. 감히 바라지 못했던 작가로서의 이야기가 시작됐다.

내가 작가가 되는데 필요한 것은 나를 믿어주는 것뿐이었다.

자기소개는 자란다

안녕하세요. 사는재미연구소 슝슝이에요.

마음이 힘든 사람을 밀도 있게 만나는 전문가인 심리상담사로 살다가, 조금 더 편안하고 자연스럽게, 그리고 즐겁게 만나고 싶어서 사는재미연구소를 열었어요. 사는 게 이미 신나고 생생하고 짜릿한 분들을 위한 곳은 아니에요. 그런 분들은 굳이 사는 재미를 찾고, 연구할 필요가 없지요. 사재연은 오히려 진지하고 의미를 좇다가 지친 분들, 책임을 다하고 인정을 받기 위해 열심을 다하다 보니 소소한 사는 재미를 놓친 분들을 위한 곳이에요.

저도 그런 사람이거든요. 습관처럼 슬픈 사람, 갑자기 외로운 사람, 종종 가라앉는 사람, 한없이 공허해지는 사람요. 그래서 괜찮은 척 사는 게 힘들 때가 있거든요. 나 보다

힘든 사람들도 많다지만, 잘 산다는 그거 혼자서는 못 할 것 같아서, 혼자서는 못 살 것 같아서 사는재미연구소를 열었어요. 같이 좀 가벼워지려고요. 같이 좀 편안해지려고요. 같이 좀 느긋해지려고요. 같이 좀 우스워지려고요. 두렵지만 함께하면 조금 나을 것 같아서요.

제가 좋아하고 잘하는 것에서 시작하다 보니 마음을 들여다 보는 도구로 타로를 가르치고, 글쓰기를 돕는 일부터 하고 있어요. 가끔은 부담없이 함께 놀면서 마음을 열기에 참 좋은 보드게임 모임도 열고요. 연기까지는 어렵더라도 각자의 목소리를 내며 함께 공명하는 희곡, 드라마 대본 낭독 모임도 열고 싶어요. 혹시 당신도 저와 같은 마음, 같은 취향이라면 환영해요. 여기는 마음이 쉬며 노는 곳, 사는재미연구소예요.

고백

책을 좋아한다. 돈이 충분히 많다면 내 취향으로 가득한 서재가 있었으면 좋겠다. 없으므로, 나는 도서관에 간다. 퇴근길에도 들르고, 주말에도 간다. 나의 참새방앗간.

주로 거니는 곳은 집 근처 구립도서관의 3층 문학, 4층 사회과학의 신간 코너. 천천히 시집부터, 에세이, 소설을 거쳐 자기계발, 사회문제, 운동과 건강, 취미에 관한 요즘 책들을 손끝으로 훑는다. 손을 위로 뻗어 왼쪽에서 오른쪽으로 스르르르, 한 칸 내려와 반대편으로 스르르르, 아래쪽은 무릎에 손을 짚고 눈으로도 스르르르. 그러다보면 어느새 열댓 권의 책들을 품에 안고 있다.

빈 자리로 가서 한 권씩 천천히 읽는다. 한 권에 길어야 10분이다. 읽다가 졸다가 폰도

보다가 집에 빌려갈 책들 세네 권 챙겨 나온
다. 반나절 도서관 소풍을 마치며 생각했다.
언젠가는 도서관에서 살 수 있으면 좋겠다.
책 사이에서, 책 속에서 먹고 자고 노래하고
춤추며.

2009년의 나에게

2009년 내내 주 2~3일은 퇴근 후 한 시간 동안 소주 두 병을 마시던 너. 술에 취해 운전하는 날이 많던 너. 죽음을 향해 몸을 던지기에는 겁이 많았지만, 실수로 죽어버렸으면 좋겠다고 중얼거리던 너. 너를 생각하면, 마음이 아프다. 미안하다. 안쓰럽다. 그때 네가 죽지 않아서 지금의 내가 있구나 싶다. 고맙다. 힘들어 하면서도 힘들어 하는 네 자신을 가장 미워했던 너를 가만히 안아주고 싶다. 세상이 네게 하는 비난들, 네가 스스로에게 내뱉는 욕설들로부터 너를 지켜주고 싶다. 그리고 꼭 너에게 말해주고 싶다.

나는 너 안 미워해. 조금만 더 편안하게 살아. 네가 작은 기쁨들을 놓치지 않길 바라. 너는 자라서 내가 되는데, 여전히 삶은 고되고 쓸쓸하고 외롭지만, 그때 보다는 좀 단단하고

편안해져. 다 지나가. 너를 사랑하고 염려하고 함께하는 이를 믿고 기대. 그들과 너 자신을 소중히 여겨. 그것 보다 나은 방법은 없어. 어쩌면 사는 의미는 그게 전부 같아. 그러니 그냥 살자. 더 잘 말고, 열심히 힘껏 말고, 즐겁게 편안하게 슬프게 따뜻하게, 그대로, 나로, 살자. 사랑해.

오늘의 내가

K님께

　안녕하세요. K님. 한번도 만나지 못한 K님께 편지를 쓸 줄 저도 몰랐네요. 힘든 시기를 보내고 있는 사람으로 K님을 떠올려 죄송하기도 하네요. 하지만 오해마셔요. 사실 이 편지는 저에게 쓰는 편지예요. 겉으로는 괜찮은 척, 기쁜 척, 신나는 척, 행복한 척. 아니다. 정말 그런 순간들도 있어요. 하지만 차렷자세로 누워 천장을 보고 뺨을 타고 흐르는 눈물을 닦을 생각도 못하는 그런 시간도 있으니까요. 이 표현 요즘 자주 쓰네요. 정말 그러고 있지는 않은데, 그러고 싶은 마음이라서 그런가. 잘 모르겠네요. 아무튼.

　K님. 우리는 왜 사는 게 힘들어 죽을 생각을 하면서도, 나를 힘들게 하는 것들을 다 놓지 못하고 사는 걸까요? 몇 개는 놓고, 몇 개는 안고 좀 편하게 살 수 있지 않을까요? 마

치 꽉 쥔 손의 힘을 살작만 빼도 내가 가진 모든 것이 쏟아져, 내 삶도 돌이킬 수 없이 휩쓸려 사라질 것처럼 느껴지는 걸까요? 죽을 것 같이 힘들어 퇴사하고자 하는 사람에게 딱 1년 뒤에 무조건 퇴사할 거라고 정하고 일하라면 끝이 있다는 안도감에 조금은 편안한 마음으로 회사를 다니게 되고 그러다 보면 능력도 발휘하게 되어서 나중에는 회사 생활을 무난하게 잘 하고 있는 자신을 발견하게 된다고 하는데, 혹시 삶도 그럴까요? 사는 건 이직이 안 되니 힘들까요? 어차피 끝이 있는데, 우리가 너무 죽음을 잊고 사는 걸까요?

문득 1년 후 죽을 거라고 정하고, 내 어깨 위에 놓인 모든 역할들을 내려 놓고, 내가 모은 돈을 모두 쓰며 마음 대로 산다면 어떨까 싶어요. 그러면 1년 뒤에, 모든 돈을 다 쓴 나는 어떤 선택을 할까요? 1년 전과는 다른 새로운 삶을 살 수 있는 존재가 되어 있을까요? 아니면 다시 예전의 삶으로 돌아갈까요? 죽

음을 선택할까요? 그전과 완전히 똑같지는 않을 것 같은 건 이상적인 생각일까요? 알 수 없어요.

　이 편지는 정답이 없는 이야기, 응원을 담기에도 위로를 전하기에도 부족한 이야기, 그저 삶은 고단하고, 우리는 각자의 아픔을 안고 죽어가고 있다는 이야기, 그래도 혼자는 되지 말자는 이야기예요. K님. 당신의 안녕을 제가 바라고 있어요. 제 안녕을 K님이 바라고 있다고 믿어요. 좋네요. 조금 더 잠들기가 수월할 것 같은 기분이에요. 고마워요.

　　　　　　　　　　　승승 드림

아프면 멈춘다

아프면 멈춘다.

나의 노하우다. 그게 뭐가 노하우냐 묻는
다면 내게는 나를 살리는 방법이라 자신있게
말하겠다. 나는 하고 싶은 게 많아 일을 와다
다 벌리기도 하고, 그보다 더 많은 순간에는
해야할 것 같아서, 불안해서, 거절하지 못해
서, 감당할 수밖에 없어서 한다.

하지만 저질체력의 내 몸은 무리한 일정
이 일주일만 넘어가면 아프다. 두통으로, 몸
살로, 무릎과 허리 통증으로, 체하거나 복통
으로, 호흡이 가빠지고 막히는 느낌으로 신호
를 준다. 어쩔 수 없이 병원을 가고, 한약, 양
약을 먹으며, 벌인 일은 꾸역꾸역 해내지만,
그러는 동안은 그 다음 일정은 잡지 않는다.
며칠이나 몇주 후 텅빈 날들을 만난다. 사

실 그때쯤엔 아픈 것도 지나 있을 때도 있지만, 많이 자고, 푹 쉰다. 나를 데리고 내가 편안히 머무를 수 있는 곳에 가기도 한다. 그렇게 몸도 추스르고, 마음도 회복한다. 무리하지 않고 적당히 할 줄은 아무리 이리저리 해봐도 어려워서, 그냥 아프면 멈추는 것으로 정했다.

나이가 들면서 더 자주 아프고 더 자주 쉰다. 다행이다. 더 조금 아플 때 얼른 멈춘다. 때로는 엄살을 부리며 좀 더 누워있다. 꾀병을 부려 학원 빼먹고 이불 속에서 키득대는 아이처럼 즐겁다. 마치 노란불만 들어와도 잘 서서 숨도 돌리고, 횡단 보도를 건너는 이들과 인사도 하고, 계절 따라 변하는 풍경도 즐기는 운전자처럼. 아프면 멈춘다. 정말 롱런 인생을 위한 특급 노하우가 아닌가.

잘 듣는 일

내가 눈을 감고도 완벽하게 할 수 있는 일을 말하려면, 좀 말장난 같지만, 잘 듣는 일이다. 어릴 때부터 듣는 일을 좋아했다. 성인이 되어서는 심리상담사로 살며 예리한 분석과 직면은 어려워도 듣는 일만은 열심히 연습했다. 일상생활에서든 일에서든 종종 듣는 것만으로도 충분했다.

다음에 무슨 말을 해야할지 불안하거나, 숨은 의도를 가지고 있지는 않은지 의심되거나, 옆 테이블에서 귀가 솔깃한 막장 대화를 하고 있거나, 오줌보가 터질 것 같거나 하지 않는 이상 나는 잘 들었다. 상체를 앞으로 기울이고 고개를 끄덕이거나, 상대의 입을 바라보거나, '아~', '오!', '그랬군요.', '허어~' 적절한 추임새를 더하거나, 중간 중간 궁금한 부분을 챙겨 물으며 내가 잘 듣고 있음을 상대

에게 전달했다.

　'진심으로 당신의 이야기를 듣고 있어요.'
라는 태도에 마음을 열고 한껏 신나거나 가라
앉거나 진지하거나 웃기거나 우는 이의 모습
은 얼마나 그대로 아름다운지. 중독성 있다.
시간이 흐를수록 우리는 조금 더 가까워, 조
금 더 편안해, 조금 더 따듯해진다. 헤어져 혼
자 버텨야 하는 시간을 살아낼 힘이 된다. 서
로의 안녕을 기도하게 된다. 이 모든 일이 잘
듣는 일로부터 시작한다고 나는 믿는다.

돈 걱정

나는 돈 걱정 없이 컸다. 내가 태어난 시골 마을에는 빈부의 격차라 해봐야 시멘트로 된 직사각형이 있는 양옥집이냐, 얇은 기와를 얹은 오래된 집이냐 정도였다. 혹은 집 안에 깔끔한 수세식 화장실과 하얀색 양변기가 있느냐, 한 겨울 맨 발에 슬리퍼를 신고 나와 깜깜한 마당을 후레시를 비추며 지나서 소름끼치게 끼이익 소리를 내는 나무 문을 가진 푸세식 화장실에서 똥을 싸야 하냐 정도였다. 정말 무서웠지만.

그 후 내가 초등학교 5학년 즈음, 부모님이 한과 공장을 시작하고, 1998년 IMF, 2008년 금융위기도 이겨 내고, 화재로 공장의 절반이 홀라당 타버린 후에도 다시 힘을 내서 재기를 한 까닭에 나는 이십 대까지 경제적으로 꽤 여유롭게 자랐다. 하지만 제조업

으로 자수성가한 시골 부자의 한계로 부모님은 그 후로 지금까지 십 년의 내리막 끝에 있다. 몸도 여기저기 아파 병원을 자주 찾고, 마음도 많이 꺾여 이제는 그냥 쉬고 싶단다.

뒤늦게 먹고 살 걱정을 시작했다. 4인 가족 외벌이 인생의 시작이 삼십 대라니 많이 늦은 셈이다. 참 감사한 일이고, 사실은 너무 두려운 일이었다. 한 달에 어떻게 하던 지금의 생활 수준을 유지하기 위해 내가 벌어야 하는 돈이 있고, 중간 중간 치과 치료비 같은 돌발 비용이나 여러 이유로 추가 지출이 생길 때도 많다. 너무 겁이 나 술이 필요할 때도, 다 버리고 도망치고 싶을 때도 있다. 그러면서 산다. 일단은 그럭저럭 어찌저찌 영차영차 살고 있다. 나야, 네가 참 수고가 많다.

돈을 벌지 않아도 된다면

경제적인 필요가 없다면, 나는 아무 것도 하지 않는 것부터 할 것이다. 지금은 해야 하는 일, 만나야 하는 사람의 목록이 많다. 내가 원하는 것보다 많다. 꽤 많다. 자꾸 많다. 쌓여있다. 감사한 일이지만, 지치는 일이다. 혼자만의 시간이 그립고 고프다. 한 1년 쯤 쉬면 충분할까? 모르겠다. 하지만 카드결제일은 성실하게 매달 돌아오니 일을 멈출 수 없다.

내일 병원 방문을 위해 상경한 아버지를 고향에 모셔다 드리기로 했다. 그리고 좀 쉴 거다. 아마 하루, 이틀 정도. 아무 계획도 없이, 멍하니. 일을 보러 부산의 한 카페에 들러야 하지만, 그 다음에는 꼭 사람 없는 목욕탕에 갈거다. 멍하니, 멍하니, 40도 온탕의 고요한 찰랑임을, 이마에 맺혔다 뺨을 타고 흐

르는 땀방울을, 찌리릿 뜨겁고도 오소소 소름
돋는 피부의 감각을 가만히 느낄거다. 생각만
해도 벌써 좋다. 좋다. 가만히. 가만히.

한밤의 낭독모임

낭독모임을 시작했다. 줌으로. 대학병원 입원병동의 복도 끝 계단실에서. 아버지의 보호자로 저녁 내내 소변통을 비우다가. 최근 본 영화 '드라이브 마이 카'에서 반한 체호프의 '바냐 삼촌'을 대본으로. 미리 읽어온 사람은 제일 늦게 합류한 B뿐이어서 어떤 내용인지는 잘 몰랐지만!(헐?)

희곡 속의 등장인물은 엑스트라인 '일꾼들'을 한 명으로 쳐도 아홉 명인데 우리는 달랑 셋. 비중이 아주 큰 인물 위주로 역할을 나누긴 했지만, 자기가 맡은 인물들이 대화를 나누는 상황도 자꾸 나오고. 2막에서는 내가 고백한 사랑을 내가 거절해야 하는 상황까지 나올뻔. 다행히 직전에 알아채 그때그때 역할을 재배분해가며 읽었다. 나는 1막과 2막 사이에 병실로 뛰어가 아버지의 소변통이 얼마

나 찼는지 확인해야 했다. "우리 이어서 2막
까지 해볼까요?", "그래요!", "네!(네?)"

　　밤 열한 시에 시작한 줌모임이 자정을 넘
어가는데, 나는 후덥한 병실 공기와 아버지의
보수 발언으로 두통에 시달린 하루였는데, A
는 운영하는 카페 직원들을 휩쓴 확진자 폭탄
으로 정신없이 보낸 며칠이었는데, B는 어린
아이를 재우다 같이 잠들었다 겨우 깨어난 밤
이었는데, 다들 피곤에 취해 정신을 놓은 한
겨울밤의 대환장 낭독 파티! 모처럼 많이 웃
는 밤이었다. 낭독모임은 계속된다. 크앙!

ㅎㅎㅎ

낮에는 모처럼 두 살 아래의 남동생과 긴 대화를 나눴다. 자신과 가장 가까운 사람들과의 관계가 많이 무너져 힘든 상황 속에 수 년을 보내고 있는 동생은 여러번 자신은 괜찮다고, 편하다고 말했다. 이야기를 나눌 수록 나와 포개지는 부분이 있어서 서늘했는데, 나는 결국 자백하는 심정이 되어 버려 탄식처럼 말했다.

"우리 같은 사람을 회피형 애착유형이라 불러. 자신을 보호하고자 하는 방법으로 가장 가까운 사람에게 나는 당신없이도 잘 살 수 있다고 말하는, 의식하든 의식하지 못하든 내게 사랑은 아주 적은 부분이거나 사실 사랑은 필요없다고 온몸으로 말하는 사람을 일컫는 표현인데. 너도 그렇네. 사실은 나도 그래."

이어지려는 긴 말은 삼켰다. 그리고 잠깐의 침묵 후, 우리는 덤덤한 인사와 함께 헤어졌다. 그리고 다섯 시간쯤 지난 밤에 이 글을 쓰고 있다. 친하게 잘 지내는 사람은 많지만 힘든 이야기는 원래 남에게 안 하는 성격이라는 동생과 남의 고민을 듣고 위로와 응원을 건네는 상담사로 살면서 자꾸만 허무함으로 가라앉는 나. 동생이 편안하고 행복했으면 좋겠다는 생각을 종종 하는데 아마도 그건 나 자신에 대한 연민이기도 했나 보다.

헛헛한 밤이다. 이 글도 한 책의 마무리로는 정말 어울리지 않는 헛헛한 글이다. 어쩌겠나. 이런 사람도, 이런 날도, 이런 글도 있다. 괜찮다.

마주치는 이에게
귀하고 고운 선물을 건네는 사람,

숭숭

특별히 감사한 분들

이 책에 선뜻 글을 내어준 서하나, 임하.
팀 밑미의 하빈, 은지, 롤리, 봉봉, 루시,
보리, 민진, 혜인, 정연, 서연, 시내, 수민,
재웅, 성범, 굴비, 제이, 다나, 유라.
제게 처음 밑미를 소개해 준 유니.
리추얼 치어리더 달리, 릴리, 포레.
그리고 함께 한 리추얼 메이트들.
동료 작가이자 선생인 김예, 보현, 성민.

당신들의 귀한 시간, 다정한 마음 곁에서
제가 살고 있음을 깨닫습니다. 고마워요.

함께 내면의 변화를 만들어가는
마음성장 플랫폼 meet me 에 놀러오세요.
www.nicetomeetme.kr

부디 당신이 사랑을, 사랑을 선택하기를

: 나를 껴안는 글쓰기, 인연 편

1판 1쇄 인쇄 2024년 1월 2일

1판 1쇄 발행 2024년 1월 2일

지은이 | 서하나, 임하, 슝슝

펴낸이 | 슝슝

펴낸곳 | 사는재미연구소

이메일 | ccs27@naver.com

인스타그램 | @shyungshyung_w

내지에 사용된 폰트 | 마포꽃섬, 마포금빛나루, 제주명조

표지에 사용된 그림과 폰트 | 디자이너 루시, 온글잎 밑미

* 책값은 앞표지에 있습니다.